人間の生命《いのち》にかえて

日本赤十字の父 佐野常民

片岡 繁男
Shigeo Kataoka

佐賀新聞社

目次

3　博愛の旗をかかげて

巻末エッセイ

はじめに

九州でいちばん大きい川は、またの名を筑紫二郎《つくしじろう》といわれている筑後川《ちくごがわ》です。筑後川は、遠く熊本県の阿蘇山《あそさん》からはじまる川と、大分県の九重山《くじゅうさん》をみなもととする川が一つになって、熊本県、大分県、福岡県、それに佐賀県の盆地や平野をうるおし、延々二百四十キロを流れて有明海《ありあけかい》にそそいでいます。

この大きな川が河口を有明海にむけて、扇のように広げているところに、川を二つに分ける大きな島があります。

島は南北で二つの県に分かれていて、筑後川の川上にあたる北部を大野島《おおのしま》とよび、福岡県に属し、川下にあたる南部を大詫間《おおだくま》といい、ここは佐賀県に属しています。

そして、島の西側を流れて有明海に河口を開いている川を、とくべつに早津江川《はやつえがわ》とよんでいます。

これからお話をする佐野常民《さのつねたみ》は、文政五（一八二二）年十二月二十八日、この早津江川の西のほとり——いまの佐賀県佐賀郡川副町《かわそえまち》に、この地方の代官で佐賀藩の会計方（藩の暮し向きをとりしきる役目）下村光贇《しもむらみつよし》の五男として生まれ、幼名を鱗三郎《りんざぶろう》と名づけられました。いまから百五十余年前（編者註、この小説が書かれたのは昭和四十八年）のことです。

そのころの日本は、いわゆる**鎖国**の時代で、徳川幕府はキリスト教を禁止し、また、幕府の力を強めるために、日本人が外国に行き来したり、外国と貿易したりすることを禁じていました。ただ、オランダと清国（中国）だけには、長崎での交易を許していました。

そして、長崎の出島をオランダ人の居留地とし、そこにオランダ商館を設けましたので、鎖国とはいえ、西洋の文化は出島を通じて日本に伝えられていました。

こうして、この小さな道を通ってやってくる西洋の学問は、日本に新しい文化の花を咲かせました。

ドイツ人医師**シーボルト**の場合もそうです。シーボルトは日本の多くの青年たちに、西洋の医学だけでなく、ひろく自然科学を教えました。

シーボルトの教えをうけた日本人はたくさんいます。本篇に関係のある人でいえば佐賀藩の医者で、のちに幕府につかえ、こんにちの東京大学医学部の起りとなった**お玉ヶ池種痘所**を創設した**伊東玄朴**《いとうげんぼく》がいます。

おなじく佐賀藩の医者で長崎居住を命じられていた**楢林宗建**《ならばやしそうけん》は、シーボルトが楢林家にやって来て長崎市民を診療したので、間近に医学を学ぶことができました。日本ではじめて牛痘法（牛の疱瘡の苗を人間に植えつける方法）による種痘に成功したのがこの楢林宗建です。また蘭学者（洋学者）が西洋の学問を学ぶのをきびしく取り締った蛮社《ばんしゃ》の獄《ごく》で、悲壮な最後をとげた科学者高野《たかの》長英《ちょうえい》もシーボルトから直接に指導をうけた弟子の一人です。

このシーボルトが、長崎出島のオランダ商館の医官として着任したのは、ちょうど佐野常民が生れる、その前年のことでした。

1　医の道へ

実父の病気

下村鱗三郎は数え十歳のとき、佐賀藩お抱えの医者、佐野常徴《つねみ》の養子となり、殿様から栄寿《えいじゅ》という名前をいただきました。

その翌年、二月の寒い朝でした。

佐賀城の東側のすぐ近くに、武家屋敷の通りがいく筋か東西に走っています。その一つ、枳小路《げすこうじ》にある佐野家の門を気ぜわしくたたく者がいます。早津江の下村家からの使いで「下村光賛が重病なので、ぜひ診察をして欲しい」というのです。

養父の常徴はすぐさまその使いの男に、

「いったい、どういう症状なのか？」

とたずねました。すると、

「はじめは、すぐによくなるだろうと気にしていませんでしたが、なにしろ、舌がはれ上って食事ができません」

とこたえます。

「舌か……」

常徴の頬がちょっとひきつり、

「それで、顔色はどうだ？　土色《つちいろ》に、トロンとなってはいないか。顔つきが、いつもとまるっきり変っていないか？　息はくさいか？」

と、たてつづけに問いかけました。

「顔色は、やはり元気がありませんから、よくありません。顔つきはそんなに変っているようには見えません。息がくさいか、とはどういうことで？」

と、こんどはその男が聞きかえしました。

「鼻をつままねばならぬほど、くさいか？」

常徴は、じぶんの鼻をつまむ恰好《かっこう》をしました。

使いの男は、常徴にならって、鼻の先をちょっとつまみ、

「いえ、そんな……くさいことはございません」

と、手のひらで宙をひとかきしました。

「そうか。わかった。すぐ行く」

常徴はそうこたえてから、

「おまえもすぐに仕度《したく》をしなさい」

と、さっきからそばにいて、二人のやりとりの様子をうかがっていた栄寿に告げました。

こうして、栄寿は養父常徴のお供をし、早津江の下村家まで八キロの道を駕籠《かご》でかけつけたのでした。

常徴は、

「いかがですか」

と声をかけ、しずかに病人の右手にすわりました。

栄寿は、薬箱を養父のそばにおきながら、(顔色はいくらかトロンとしている。それに、ごましおの髭《ひげ》が伸びほうだいにはなっているが、いつものおだやかな顔付だし、鼻をつまむほどのくさみもないようだ)

と、実父の顔をのぞき見ました。

光賛が蒲団《ふとん》から身体を起こそうとします。

「そのままで。動いてはいけませんよ」

常徴は、言葉はやさしいが、きっぱりと命じました。そして、しずかに病人の手首をにぎり脈拍をみます。

その間も、常徴のきびしい眼差《まなざし》は、病人の顔、口もと、首すじに走っています。

「よし」

と、つぶやいて、常徴は自分の両の手のひらで病人の頬をなでました。それから、首すじにあてがい、二回、三回と淋巴腺《りんぱせん》のはれの具合をみました。

「では、思いきり口をあけて下さい」

常徴が指示します。

病人が、大きく口を開きました。

常徴は自分の両手の人差指を病人の口にさし入れ、舌のつけ根にていねいに触れています。

栄寿は、

(息のくさみもないし、顔つきもかわっていない。だから、きっとひどい病気なんかじゃない、悪性の病気になどなってたまるものか。そうなれば下村家だけでなく、佐賀藩がたいへんなことになる)

心で、そうつぶやきました。

佐賀藩はもともと貧乏なので、藩の財政をやりくりする会計方というのは何かと苦労の多い役目です。

その会計方である下村光賛には、さらに頭の痛いことがありました。それは長崎警備です。

長崎の港に、日本が交易を許していない外国の船がむりやり入ってきたり、また外国の軍艦が攻めこんできたりするかもしれません。そのときのために、徳川幕府は佐賀藩と福岡藩に、「一年交替で長崎港を守れ！」と命じていました。この長崎警備に要する費用が大がかりなのです。

福岡は佐賀よりも大きい藩だし、織物やそのほかの産業がすすんでいて、財政も豊かで富んでいます。それに福岡藩の場合、警備をするといっても、幕府直轄《ちょっかつ》の長崎港を長崎奉行の司令によって動くだけです。

いっぽう、長崎港のまわりはほとんどが佐賀藩の領地なので、佐賀藩は福岡藩とちがって、幕府から命じられなくても、佐賀だけの力で何とかこの港を守らねばなりません。こういうわけで、おのずから長崎を守るのは佐賀――そんななりゆきになっていました。

それはとにかくとして、長崎港だけではなく、港のまわりにも要所要所に砲台を築かねばなりません。守備の兵もおかねばなりません。

そうした台場の建設などの費用まで含めると莫大な額になるのですが、その頃の佐賀には農業のほかにはとり立ててこれといった大きな産業がありませんでした。

こうした状態のなかで、佐賀藩は十六歳の**鍋島直正**《なべしまなおまさ》が、九代目の藩主斉直《なりなお》から十代目の藩主を引き継《つ》ぎました。

それは天保元（一八三〇）年三月、栄寿は八歳、まだ下村鱗三郎と名のっていた頃のことでした。

藩主となった直正は、藩の財政があまりに貧しいのに驚き、これではならぬ、と新しい産業をおこそうと考えました。そこで、

「榛《はん》の木を植えよ。棉《わた》をつくれ。鯨を買いしめて利益をあげよ」

と命じました。

ところが、江戸付近でならよく育つ榛の木も、佐賀地方では土質が合わないために成功しません。

棉は、長崎の唐人《とうじん》を通じて手に入れた種を植えたのですが、何分《なにぶん》にも佐賀藩には棉を栽培した経験がないので、なかなか上手《うま》くいきません。かえって、稲田を棉畠にしてしまった分、それだけ無駄になってしまいました。

また、佐賀領の海岸から船をしたてて、平戸《ひらど》領の壱岐《いき》（長崎県）と交渉して、捕鯨の団体から鯨を買いしめ、肉はもとより骨や脂肪などで利益をあげようとしましたが、これは、まったくあてがはずれて赤字になってしまいました。

佐賀の村や町では、こんな俚謡《りよう》がひそかに歌われるようになりました。

榛の木は江戸から
棉種は　唐から

壱州《いしゅう》鯨は　しくじらかし

このようにせっかく思い立った産業でしたが、けっきょくは元のもくあみ、あいかわらずの貧乏藩です、

そんなわけで、会計方はいつも秋の穫り入れが終ると、米納津《よのづ》（早津江の川上）の港から、大坂の蔵屋敷に積み出した米をもとに、大坂の商人たちから金を借り出して、どうにかこうにかのやりくり算段です。こうして下村光賛は過労のために、とうとう病気になってしまったのでした。

常徴は、その両手の人差指をそっと口から抜いて、じっと病人の舌のようすをうかがっていました。それから、かるく何度かうなずきました。

「今日が、峠でしょう。精のつく食べ物を、うんと食べさせて下さい。といっても、この舌のはれではうまく食べられますまい。そんな時は、らく呑みで、のませてください」

常徴は、左手にかしずいている母にそう言ってから、蒲団のすそでかしこまっている長兄、芳充《よしみつ》を見やりました。

芳充は、ひざにキチンと手をおいて、一礼しました。

栄寿は、養父常徴が、「いかがですか」と病人の脈拍をとりはじめてから、その結果を

告げるまでの、言葉はやさしいが、キッとした目付き、はりつめた気合い、テキパキとした処置に息をのんでいました。

(荒立てた言葉すら聞いたことのない、日頃からもの静かなあの養父が、こんなにきびしく命令し、けわしい目付きになるなんて)

という思いで、胸はいっぱいでした。

養父はふだん城中に詰めているのが役目でしたので、このように病人を診察する姿を栄寿がじかに目にするのははじめてでした。

そうしていま、診察を終って、いつものやさしい養父にもどったとき、栄寿はようやく、はりつめた空気から解放されて、ホッと吐息をもらしたのでした。

常徹は手を洗いきよめると、薬箱の薬を手早く調合し、

「それでは、薬を置いておきます。私は失礼いたしますが、もし……もしも、ですが、何かありましたら、今朝のように使いを寄こして下さい」

と、母と長兄を交互に見やりながら、そう言ったあと、

「栄寿はしばらく看病のため、ここに残りなさい」

栄寿に「いいね」といった顔で、うなずいてみせました。

兄の大願

それから二日がたって、翌々日の夜ふけのことでした。

ひゅう　るる
ひゅう　るる
ひゅう　るる

栄寿は、戸外のはげしい風の音に目をさましました。
屋敷中が、ひっそりと静まりかえり、聞こえてくるのはただ風の音だけ。
部屋の中の細いあんどんの灯が、しきりにまたたいています。
（おや、兄さんがいない）
となりの蒲団に寝ているはずの兄、芳充のすがたが見当りません。
ガバと起き上った栄寿は、部屋をとび出し、廊下の奥の父の居間へ急ぎました。
あわてて居間のふすまを開けた栄寿に、
「あら、栄寿」
父の蒲団のよこに、かしずくようにして、小さな蒲団にくるまっていた母が顔をあげました。

栄寿はだまったままで、父の居間を見まわしました。

「どうしたの」

上半身を起こした母は、

「お父上のことが心配でねむれないのね。でも、もう大丈夫。佐賀のお父さまも、だから、佐賀へお帰りになったのです。さ、おやすみ」

と、やさしく言いました。

廊下をもどりながら、栄寿は、ブルブルッと身をふるわせました。歯の先が当ってガツガツ鳴るようなきびしい寒さです。

部屋にもどって、

（父上は、ほんとに大丈夫なのだろうか。母上はわたしへの気安めに、そう言っているだけなのではなかろうか。いや、そうではない。大丈夫でなかったら、佐野の父上がわたしを置いて、さきに佐賀へかえるわけがない）

くり返しくり返し、心の中でそうつぶやいたあと、

（いったい兄さんは……）

と、からっぽの兄の蒲団を見やりました。

すると今度は、兄のことが気になってきました。蒲団にくるまっても、なかなか寝つけません。

（いったい、兄さんはどこに、何をしに行ったのだろう）

よく考えてみると、二日前、佐野の養父と早津江にかけつけたその夜も、夜半《よなか》に、兄の蒲団が空《から》になっていたような気がします。

そのうちに、うとうとしたらしく、「ハッ」と気づいて、栄寿はそばの蒲団を見ました。

（まだ、帰っていない）

射《さ》し込む月の光に、部屋のまわりに積み重ねられたたくさんの本や、すみに片寄せられている机や、その上の硯《すずり》が、まるで黒い生きもののように見えます。

去年の秋、佐野家の養子になるまで、栄寿はこの部屋で、父にかわって、長兄の下村芳充から習字や儒学（中国の学問）の初歩を習っていたのでした。

父、下村光贇は、つとめがたいへん忙しくて、子供たちの教育にまで手がまわりません。そこで芳充が父親がわりに、すでに中村家の養子になっている次兄もふくめて四人の弟たちの勉強をみてやっていたわけです。

それらのなじみの品々に目をやりながら、栄寿は（いったい、兄さんは、どこに行ったのだろう）と思うのでした。

ひゅう　るるるるる
ひゅう　ひゅる
ひゅう　るるるるる
ひゅう　ひゅる

外は、あいかわらず、風の音です。


つぎの朝――。

「おお、天山《てんざん》が、きらきら輝いている」

庭に出た芳充は、西北の空を指さしました。

「おまえが生れたときも、ちょうどこのように雪をいただいて、きらめいていたよ」

空のかなたに、天山の尾根がゆるやかな線を描いています。

「兄さん」

と栄寿は声をかけました。

「兄さんは、夜半に、どこかへお出かけになっていますね」

「なに」

芳充は、栄寿を見やりました。

「兄さんの蒲団が、もぬけのからでした」

「そうか。気づいたか」

栄寿は大きくうなずきました。

「私が、どこへ、何をしに出かけているのか、おまえは知りたいのか」

しずかな調子です。

「知りたいと思います」

栄寿は、姿勢をただしました。

「そうかも知れぬ。だが、言えぬ」

芳充は、天山の方を見やり、

「どうだ、蒙養舎《もうようしゃ》はおもしろいか」

と、こんどは栄寿にたずねました。

その頃の町の子供たちは、お寺の坊さんや神社の神主さんに「よみ、かき、そろばん」を教わっていました。これを**寺子屋**というのですが、佐賀藩士の子供たちは、蒙養舎という藩校、弘道館《こうどうかん》のいわば付属小学校のようなところで「よみ、かき」を勉強していました。「よみ」は、儒学のむずかしい本の素読《そどく》（まる読み）で、「かき」は習字です。

「難しうございますが、また、楽しいです」

「はは、難しいが、また楽しいか。とんだりはねたりの遊び半分ではだめだぞ。蒙養舎での勉強をなまけてはならぬ。それが早津江の父上への親孝行になるのだ。早津江のことは心配するな。今日、おまえは佐賀にかえれ」

「今日、ですか。だって父上が……」

「父上のことなら大丈夫だ。私がいる」

栄寿は、だまったまま、芳充を見上げました。

すると、芳充が、

「私は、いま、大願をたてている。だから、毎晩、出かけているのだ」

と、ゆっくりした調子で言いました。

「大願？」

栄寿が、きき返しました。

「そうだ。この大願、成就《じょうじゅ》（成功）させるまでは、栄寿よ、他言無用だぞ」

きびしい口ぶりです。

「人間、一生に一度は必ず、生命《いのち》をかける覚悟でぶつからねばならぬ大事があるものだ」

芳充は、じっと栄寿を見つめ、

「いいか、今のはなし、よくおぼえておけ。そして、立派な医者になるのだ。佐野家の跡を継ぐには、うかうかしてはおれないのだぞ。今のおまえは、まっしぐらに蒙養舎の勉強をすることだ」

そういったきり口をとざしました。

兄の手首をにぎりながら

佐野家の先祖は、上野国《こうづけのくに》佐野《さの》村（栃木県佐野市）の城主で佐野源左衛門常世《さのげんざえもんつねよ》という人です。

佐野常世のことは能や歌舞伎で『鉢の木』という題名で演じられているので、よく知られています。

これは――、

鎌倉幕府の将軍、北条時頼《ほうじょうときより》が人びとの暮らし向きを見るため、修行僧のすがたで諸国を行脚《あんぎゃ》していたが、上野国佐野まで来たとき大雪にあい、道に迷ってしまう。このとき時頼をたすけ出し、自分のあばら家《や》につれかえったのが、いまは領地を失って落ちぶれはてている佐野常世であった。常世は秘蔵の梅、松、桜の鉢の木をきって焚火にして、誰とも知らぬ旅の修行僧を暖かくむかえ、貧しいながらもできるかぎりのもてなしをした。そして、たずねられるままに、身の上話をし、「いざというときには、あの馬にのって鎌倉にはせ参ずるかくご」と、馬屋の方を指す。時は移り、その「いざ鎌倉」のときがきた。常世は痩《やせ》馬にのって鎌倉に上った。そして、将軍時頼の前に呼ばれて、雪の日の修行僧がじつは時頼であったと知らされ、失った領地のほかに、そのときの鉢の木の代りに三つの庄（村）をあたえられて面目をほどこす、という物語です。

「常世の子孫は、その後、京都に出て医者の修行をし、私からさかのぼって五代前のとき佐賀藩主に召しかかえられ、以来、藩の医者をつとめているのだ」

と、栄寿は養子になってすぐ、養父の常徴からこの物語を聞かされました。

「やさしいお方だったのですね」

「そうだ、心やさしい人だったのだ」

こういった後、「心やさしい人でないと医者はつとまらぬ」とつぶやきました。養父はまた、栄寿が蒙養舎にかよいはじめた頃のある日、医者になるための心がけについて話してくれたことがありました。

「代官の役目や会計方の仕事が大事なつとめであることは、おまえもよく知っているだろう。これから、おまえは医者になるための勉強をするわけだが、医者というのはほかの仕事とはちがい、人間の生命《いのち》につかえるたいへん尊い仕事。だから一生懸命に勉強しないと、まことの医者にはなれぬのだ」

そのとき、幼い栄寿には、殿様につかえるということなら聞き知っているが、人間の生命につかえる、とはどういうことなのかわかりませんでした。そもそも、人間のいのちということ、それがよくわかりません。

それでも寒夜、芳充の蒲団がもぬけのからになっているのを目にしたとき、やにわに「父上が死ぬのではないか」、そんな怖《おそ》れが栄寿のみうちに襲いかかってきたのは、養父の教えてくれた「人間の生命につかえる」ということの意味が、ぼんやりとではあれ、すでに栄寿のむねに刻《きざ》みこまれていたから、ともいえるでしょう。

早津江の実父を見舞ってから、ほぼ半月がすぎました。

栄寿が蒙養舎からもどると、養父は広縁に出ていました。そして、栄寿のすがたに気づくと、

「早津江の父上は、すっかり元気でおつとめらしいぞ。今日、米納津《よのづ》の役人が登城して、そういっていた。近いうちに、また大坂へ出張されるらしい」

と、声をかけました。

栄寿は、

「下村の家人は、ほんとうにありがたく思っておりました」

こういって養父のそばに寄りました。

「それが医者のつとめなのだよ」

三月の陽光《ひかり》をまともにうけて、養父は目を細めました。


それから一刻（いまの二時間）を過ぎてからのこと。

「芳充どのがお亡くなりになりました」

と、早津江からの急報です。

「なに、兄上が？　父上は……」

「下村さまは元気におなりになりました。お亡くなりになったのは、芳充どのでございます」

養父と栄寿は、使いの男と前後して、急ぎ早津江に向かいました。

「芳充どのは、ずっと小城《おぎ》の清水観音《きよみずかんのん》さまに『お願《がん》』をかけていたのです」

母は、はなしました。

「お願を！」

栄寿は叫ぶように問いかえしました。

「お父上のために、

――父、下村光賛は貧しい佐賀藩の財政のたてなおしに、ぜひとも必要な人です。どうぞ、父のからだをもとどおり、元気にして下さい。そのためには、私のいのちをさしあげます、

と、お願をたてたのです」

母はつづけました。

「芳充は、こうして冬の夜のきびしい寒さの中を、早津江から小城の清水観音まで十六キロの道のりを歩いて行き、八十メートルの高さから落ちかかる滝にうたれて祈りました。毎夜、芳充のお祈りはつづきました。そのためか、父上の病気は日一日とよくなっていきました。

ところが、父上がもとどおり元気なからだになると、こんどは芳充が病気にたおれ、死んでしまったのです。それは、あっという間《ま》のできごとでした」

(それが、兄さんの大願であったのか)

栄寿は、あの寒い夜ふけの

ひゅう　るるるるる

ひゅる　ひゅる
ひゅう　るるるるる
と吹きあれる風の音を、そうして、
「人間、一生に一度は必ず、生命《いのち》をかける覚悟でぶつからねばならぬ大事があるものだ」
きびしい口調でそう諭《さと》した兄のことばを、胸にかみしめていました。

養父は栄寿に、芳充の左の手首をにぎらせました。

「生きているうちは、そこが暖かく、勢《いきお》いよく脈うっている。だが、いまはもはや冷たく、脈もない」

栄寿は、だまったままうなずきます。

なみだが、つづけざまに頬をつたわり落ちていきます。

「泣くがいい。思いきり、泣くがいい。泣きながら、その冷たい手首をにぎっていなさい。医者とはこういうものなのだ」

低い、悲しみのこもった言葉でした。

「医者とは……人間のいのちに、しっかりと寄りそっているようで、じつはこの通り無力なものなのだ。それでも……」

養父は、膝をたてなおし、

「それでも医者になるか、おまえは」

と、たずねます。栄寿はむせぶように、

「はい」

とうなずき、兄の冷たくなった手首をにぎりつづけながら、

（もうこの兄は、わたしが何を問いかけても決して口を開かない、答えてもくれない。

しかし……）

と心の中でつぶやきました。

「しかし、兄はいま、わたしに教えてくれた。

わたしがいのちをかける覚悟でぶつからねばならぬ大事とは……これなのだ」

栄寿は、も一度、兄の手首をにぎりしめました。兄の白い顔が、思いなしかほほえんだように見えます。二十七歳の短い一生ながら、大事をなし終えたあとの安らかな顔でした。

それは——栄寿、十歳。天保三（一八三二）年三月十七日のことでした。

2 蘭学修行

四人の学友

栄寿は藩校の弘道館で勉強したあと、江戸に上り、佐賀藩出身で、幕府につかえている古賀侗庵《とうあん》に儒学を学びました。

その後、佐賀にかえって、弘道館の医学寮という、いまでいえば大学の医学部にあたるところで医学の一般を、また松尾《まつお》塾という病院で、外科の勉強をかさねました。

そして、弘化三（一八四六）年、栄寿二十三歳の秋のはじめ、養父の親友で、おなじように佐賀藩の医者である牧春堂《まきしゅんどう》のすすめにしたがい、京都の時習堂《じしゅうどう》、広瀬《ひろせ》元恭《げんきょう》のもとで医学と蘭学を学ぶことになりました。

元恭は、理学（物理）やセイミ（化学）などの科学にくわしい医者で、

「医学のいちばんのもとには科学がある。だから医者になろうと思う者はみな、まず科学を学ばなければいけない」

という考えで教育をしていました。その元恭が翻訳した『理学提要』は、日本ではじめて書かれた理科の本です。

「いいか、ここに十匁《もんめ》（三七グラム）の玉と、もう一つ、これの十倍の重さ、百匁

（三七〇グラム）の玉があるとする。

この二つの玉を、百尺（三〇メートル）の高さから同時に落したとき、どっちが先に地上に着くだろうか。どうだ、佐野」

広瀬元恭は、向き合っている栄寿に、こう質問しました。

「それは……百匁の玉のほうが早いと思います」

「なぜか、な？」

「百匁の玉が、十匁の玉よりも重いからです。だから……」

「と思うだろう。ところがそうではない。十匁玉も百匁玉も、同時に大地に着くのだ」

「同時に！」

栄寿は、膝をのり出しました。

「いいか。この二つの玉が同時に大地に着く、それはなぜか、その理屈を勉強するのが理学（物理）という学問なのだ」

「理学という学問？」

「そうだ、佐賀っぽう。しっかりしてくれよ」

佐賀っぽうといわれて、栄寿は少ししゃくにさわりました。

（佐賀っぽうと、いかにも田舎もの扱いにしてもらっては困る。佐賀は、西洋の学問が

入ってくる長崎とは、すぐ目と鼻の間。その長崎港を警備する大役をうけもっているのが佐賀なのだ）

と、心のなかで力んではみましたが、くやしいことに、十匁の玉と百匁の玉が同時に大地に着くなどとは思いも寄りませんでした。

（たった一歳だけ年上の元恭先生だが、残念ながら、勉強の点では、わたしとはたいへんな開きがあるわい）

と思いなおすよりほかにはありません。

重さのちがう玉が同時に大地に着く。これはイタリアの大学で数学の先生をしていた**ガリレオ**がピサという町の斜塔で、じっさいに実験をしてたしかめた、といわれています。

なお、この重さのあるものが高いところから、なぜ、まっすぐ下の地面にむかって落ちるのか。どうして上にいくとか、横に飛ぶとかしないのか。これについてはイギリスの**ニュートン**が庭のリンゴの木から、その実が一つ、まっすぐ下に落ちるのをみて、「これはリンゴが枝からはなれたとき、何かの力がそれを地面のほうへ引っぱっているからだ」と、こうして**万有引力**《ばんゆういんりょく》**の法則**を考え出したといわれています。

けれども、栄寿はそのようなこと、少しも知りませんでした。

知らないといえば、時習堂ではじめて中村奇輔《きすけ》と会ったときもそうでした。

「佐野くんに中村奇輔を紹介したいのだが、実験室からなかなか出てこないのでね」

と元恭先生がいいます。

「何の実験をしているのですか。わたしが挨拶《あいさつ》に行ってもよろしいでしょうか」

「なんの実験でもやるのさ。物理、化学の実験では、中村の右に出るものはまずいないだろう。一度、実験室をのぞいてごらん。佐賀の田舎ものには珍しいものばかりだよ。ははは」

栄寿は中村奇輔の実験室へ行き、部屋の外から声をかけてみました。返事がありません。

そっと戸を開けました。すると、

「だれだ！　大事な実験をしているのに、無断で入るやつがあるか」

奥の方で、どなる声がします。

うす暗い部屋。

目をこらすと、大小さまざまな陶器の皿や鳥のかたちをしたガラスの器具、酒の徳利のような瓶にガラスの細い管が突っ立っているのが見えました。

しゅる　しゅる　しゅる
じゅ　じゅつ　じゅ　じゅっ

奥の方から、音が聞こえてきます。

「おや」

栄寿は、背のびをしました。

ぼっ!

青い炎が上りました。

青い炎がすぐに黄色の炎にかわって、それが大きくまたたいています。

(何をしているのだろう)

栄寿は、もう一度、背のびをしました。

「まだそこにいるのか。用があったら、夕飯《ゆうめし》を喰ってからにしろ」

栄寿は、あわてて実験室の戸をしめました。

栄寿は、夕食の時間が待ちどおしい思いでした。

夕食をいそいですませて実験室に行くと、中村はこんどは機嫌《きげん》よくむかえてくれました。ガラス器具の説明をしたり、フラスコや蒸留器をつかって実験をして見せたりしてから、

「佐野くん、一分銀を持っているかね」

と、たずねます。

「はい、ここに……」

栄寿は、財布から一分銀をつまみ上げながら、

「このコップに入れてもいいかい」

コップの中には、無色の液体が入っています。

「どうぞ」

「では、入れるよ」

　ぽちゃん
一分銀は、コップの底に落ちました。

すると、銀貨のまわりから、ワッと泡がわき立ちました。

(おや)

栄寿は、コップをすかしてみました。

銀貨から、さかんに泡が上りつづけます。

「一分銀を入れると、こんなふうに無色の液体から泡が吹き出す」

中村は、じっと、コップを見つめながら話しました。

「珍しいでしょう。希硫酸の液に銀を入れると、水素が発生する。これはセイミ(化学)という学問ではあたりまえのこと。あたりまえのことだが、どうしてそうなのか。興味

がわくね。そして、もっともっと新しいことを知りたい、と思う。それが私の毎日なのだ」

新しいものに好奇心を燃やす。もっともっと知りたいと目を輝かす。

田中久重《たなかひさしげ》も、そんな一人でした。

「ほう、佐野さんが早津江の生れだとは、うれしいですね。私は久留米《くるめ》の生れなのですよ。ほら、筑後川をはさんで向かい側の、ね」

「あなたが、あの有名なからくり師の田中どのだとは、思いもしませんでした」

器械つくりを、当時はからくり師とよんでいました。

田中久重は、京都の烏丸《からすま》というところに大きな店をかまえていて、そのころ、すでに、折りたたみ式のローソク立てとか、雲竜水《うんりゅうすい》（消火ポンプ）など、いろいろな器機をつくっていた有名なからくり師なのです。

「あの評判の高い万年時計《まんねんどけい》は、もう完成したのですか」

「そう、九分どおりは仕上がりました。でも、西洋の時計に追いつくには、まだまだ勉強を重ねなければなりませんね。いましばらくの間、元恭先生のもとを巣立ちするわけにはいかないということですよ」

久重は四十六歳、元恭夫人のイネは久重の妹で、一年前に元恭の奥さんになったばかりです。ですから、久重は自分より二十一歳も年下の、しかも、妹の御主人のもとで勉強をしているわけです。

時習堂には、もう一人、からくり技術では久重にも負けぬほどみごとな腕前の田中儀右衛門《たなかぎえもん》がいました。儀右衛門は、久重の娘、美津《みつ》の婿です。

栄寿が儀右衛門に初対面の挨拶をすると、ていねいにお辞儀を返したあと、

「ほら」

と、小さな亀のおもちゃをふところから取り出して、机の上に置きました。

「この亀ッコの背中に、これをのせて……」

そういって、亀の背中に、盃をおきました。

「この盃に、いまは酒のかわりに、ちょっと水を入れてみましょう」

儀右衛門が、亀の背中の盃に水差しの水をそそぎました。

とたんに、

ガリガリ　ガリガリ

亀ッコが、匍《は》い出しました。

「さぁさ、佐野くん、盃をとって下さい。盃をとらないと、亀ッコはどこまでも匍いつ

づけていきますよ」

「なるほど。背中に重みがかかるせいで動くというわけですか」

「そう、その重しが外れると、ゼンマイにカチリと留金《とめがね》がひっかかって止まる仕掛けなのです。ふふ」

儀右衛門はひろい額をかるく手のひらでたたいて、おどけてみせました。


「佐野くんは、江戸で古賀侗庵先生に学んだ、といいましたね」

石黒寛二《いしぐろかんじ》が、たずねます。

石黒は田辺藩《たなべはん》（京都）の武士で、どんなに難しいオランダ語の本も、すぐさま正しく読みこなしてしまうほどの力がありました。

「古賀侗庵先生は、オロシヤ（ロシヤ）の研究をした本をお出しになっているお方でしょう。ぜひ一度、それを読んでみたいものだ」

と石黒はいいました。

「そうだよ。オロシヤの研究では第一級の本だ」

元恭が、あいづちを打ちます。

「佐野くんは、いい先生について学んだのですね。侗庵先生のところには、尚歯会《しょうしかい》の高野長英どのも出入りしていたのでしょう。長英どのに会ったことがありますか」

石黒がたずね、栄寿が、

「いえ、会ったことはありません」

そうこたえると、石黒は、

「ない？　尚歯会のことはもちろん知っているのでしょう。『二物考《にぶつこう》』とか、『夢物語《ゆめものがたり》』とか、読んだことあるのでしょう？」

と、たてつづけにたずねてきます。

栄寿が、

「尚歯会や高野長英どののことは、侗庵先生が時どき口になさっておりました。『二物考』や『夢物語』も、そのころ、写本を借りて一応は目をとおしましたが」

と口ごもっていると、石黒は、

「へえ、一応は目をとおした……と？　その程度ですか」

と、大げさに首をひねりました。

「それは、そうだろう。佐野くんはその頃、まだ幼かったんだもの。無理もない」

元恭がとりなし顔で言葉をはさみました。

石黒は、まだ何か言い足りないようなようすでしたが、

「そうですか」

とつぶやいて、チラと栄寿を見やり、それからちょっと間をおいて、

「長英どのは、どうもオロシヤに逃亡してはいませんね」

と、元恭にむかって問いかけました。

すると、元恭が、

「そうさ、オロシアなどに逃げるものか。長英どのはこの日本で、ゆうゆうと翻訳の大業をやっているよ」

と確信ありげにこたえました。

時習堂での二年間

栄寿がはじめて江戸に上って、侗庵の門に入った頃、江戸の蘭学者は山ノ手《やまのて》組と下町《したまち》組とに二分されていました。

山ノ手組というのは、その多くが山ノ手に住んでいて、西洋の新しい知識で医者の指

導をするだけでなく、人々がみな豊かに暮らせるようにと、すすんで西洋の学問をじっさいに応用して役立たせようとする一派で、髙野長英、**渡辺崋山**《わたなべかざん》、小関三英《こせきさんえい》などがその中心人物でした。

いっぽう下町組は、もっぱらオランダ語の医書を研究するだけで、医学の外には何もしない一派で、多くが下町に住んでいました。伊東玄朴、坪井信道《つぼいしんどう》（広瀬元恭や緒方洪庵の恩師）、杉田立卿《すぎたりゅうけい》（杉田玄白《すぎたげんぱく》の子）たちが、この下町組でした。

さて、日本全土を襲《おそ》った**天保の飢饉**《ききん》に際して、山ノ手組の蘭学者を中心に、江戸の一流学者を加えて尚歯会という会合が開かれていました。この会合では、各藩がかかえている苦しみや訴えについて討論し、じっさいにその問題の解決に役立つ答を与えていました。そこで、各藩の政治にたずさわっている者たちは、長英ら山ノ手組を主とする尚歯会の活動にたいへん注目していました。

髙野長英は、

――飢饉の際に、藩の倉庫に蓄えてある米麦を供出《きょうしゅつ》したり、命令を出して米麦の値段を制限したり、義捐金《ぎえんきん》をつのったりしても、それは一時しのぎにすぎない。そんな「とりあえず」の方策ではなく、気候不順でもなおよく成熟する早蕎麦《はやそば》や馬鈴薯《ばれいしょ》のような代用食をすすめて、これをひろめ、米麦だけにたよる危険を避けて、万一のときに備えなければならない。

そう論じて、『二物考』という一書を出版したのでした。それは天保七（一八三六）年のことでした。

長英はその二年後の天保九（一八三八）年に、こんどは『夢物語』を書きます。

夢物語というのは題名からわかるように、夢の中で甲と乙の二人が、

「イギリスの船が、日本の漂流民七人をのせて江戸近くの港にやってきて、この漂流民を送りとどけることを口実に日本と交易をしたい、と願い出ようとしているという噂《うわさ》だが、いったいイギリスという国はどんな国なのでしょうか」

というふうに問答する形式で書かれていて、イギリスだけではなく西洋の国々ではいかに人間どうしが愛し合い、人間のいのちを大事にし合っているかについて、くわしく述べられています。そして、このイギリス船が、たとえ、いまの幕府が好まない「交際をしよう」という相談を持ちかけてくるかもしれないからといって、日本の漂流民を故国に送りとどけようとするイギリスの人間愛を踏みにじってはいけない。みだりにこれを打ち払ってはならない。もし打ち払いでもすれば、イギリスは日本を、「人民をいつくしまない国だ、人間のいのちを大事にしない国だ」と軽蔑《けいべつ》するだろう。それに、このため日本にどんな災害が降りかかるかわかったものではないと、打ち払いに反対しています。

この長英の文章はすぐさま人から人へと書き写され、さっと世の中にひろまりました。

また、渡辺崋山も『慎機論《しんきろん》』という文章を書いて、長英と同じように打ち払いに反対しました。

幕府はこの年、天保九（一八三八）年七月に長崎出島《でじま》の蘭館からひそかにとどけられた「オランダ風説書《ふうせつがき》」という秘密の書類で、イギリス人モリソンが日本人漂流民を護送して日本にやってくることを知っていました。もっとも、イギリス人モリソンはモリソン号というイギリス船のまちがいでしたが……。

さらに秋になって再びとどいた蘭館からの風説書では、

（七人の日本人が漂流しているのを救い出し、江戸にとどけに行くようだ。それを断《ことわ》っても、来春には浦賀に行くのではないか。

イギリスは近ごろ、他国の領土を切りとり、たとえば天竺《てんじく》（インド）では南の方をことごとく奪いとっており、その他、アジアの島々やアフリカなども、どんどん自分の国の領土として切りとっていて、いまでは清国やロシアにも対抗する強国だ）

というのです。

幕府はこの風説書におどろき、論議をした末に、「外船来たらば打ち払うべし」と決めていたのでした。

こういうわけで、打ち払いに反対する尚歯会の学者たちは、幕府からみればみんながみんな危険人物でした。

このため、まず渡辺崋山が捕えられました。病身の小関三英は、捕えられる前に自殺してしまいました。

長英はいったん逃亡しましたが、やがて奉行所に自首して出ました。

栄寿が十六歳ではじめて江戸に上ってから足かけ三年の間に、目まぐるしく引き起こされたこれら一連の事件をまとめて**蛮社《ばんしゃ》の獄《ごく》**とよんでいます。

栄寿が江戸から佐賀にもどったのは天保十（一八三九）年三月。

渡辺崋山が自殺したのは天保十二年（一八四一）年十月。

永牢《えいろう》の判決をうけた長英は、その二年後の弘化元（一八四四）年六月、もはや牢屋から出してはもらえないと知って、脱獄しました。


それからさらに二年がたって――。

いま、京都の時習堂で、長英は日本のどこかに元気でひそんでいると、語られているのです。

石黒は、そばにいる栄寿にはもはや見向きもしません。

元恭は、とりなし顔ですが、栄寿には二人の間の話題に加わろうにも、ともに語るだけの内容が自分にない、それが、はっきりとわかります。

栄寿は、とり残された思いをはねのけるように、「何としても、この遅れをとりもどさなければ……」と、ふるいたつのでした。

栄寿は時習堂で、はじめの頃ほんのしばらくの間は、四人の先輩たちにいくらかあしらわれるところがありましたが、栄寿の学問に対するひたむきな姿勢に心をうたれて、彼らは手ずから指導をしてくれるようになりました。

こうして時習堂での二年が、またたく間に過ぎました。

栄寿の席の前に、朱色の大きな盃をのせた台を押す恰好で、からくり人形が美しく着飾っています。高さ二十センチメートル。いうまでもなく、天下一のからくり師、田中久重が作ったものです。

誰いうとなく「からくり太郎」とよばれるようになったこの人形は、時習堂のお祝いの席に、必ず登場するのです。

元恭婦人のイネが、からくり太郎を栄寿の方へ向けてから、朱ぬりの大きな盃に、酒をそそぎました。

　　カラカラカラ　ギギッ

　　カラカラカラ　ギギッ

からくり太郎が、栄寿にむかって歩き出します。台の上の大きな盃に酒をそそぐと、その重みで、台のなかに仕掛けられた歯車がカラカラとまわりながら、ひとりで動き出すのです。いかにもそれは、からくり人形が盃の台を押して前に進んでいるように見えます。盃をとり上げないかぎり、どこまでもカラカラギギッと進んでいきます。

栄寿は朱ぬりの大盃を、あわててとり上げました。

「いよいよ、きみは適塾《てきじゅく》に行くのだが」

元恭はこういって、ひといき入れました。

栄寿にむかって左に元恭。つぎに、相撲取《すもうとり》。栄寿の右に久重。つづいて中村奇輔、石黒寛二。その横がまだ空いていますが、これは儀右衛門の席。

「私と洪庵先生とは江戸で席を同じくし、ともに坪井信道《つぼいしんどう》先生のもとで学んだ親友だ。それで、洪庵先生が大坂で適塾を開いたとき、私は迷わず入門したのだ」

元恭は、栄寿に自分と同じみちを歩かせようと、洪庵に推薦《すいせん》したのでした。

「この二年の間……」

元恭は、ここで急にからだをよじって、栄寿に対しました。

「この二年の間、わたしはきみをとっちめてばかりいたようだね。それに患者といえば厄介な、どうにもならぬ病人とか、カサッカキ（瘡掻《かさか》き。皮膚病にかかった人）の子供とか。どうも迷惑をかけたようだ。奇妙に、そんな病人が多かったな。外科が得意《とくい》だというきみに、ね」

「いいえ、めっそうもない……」

「たまには、こいつから投げとばされたりして、ね」

「元恭先生、それは違いますがな。おいらが佐野どんをちょいと手でどけたら、かってにひっくり返ったんや」

相撲取があわてて、いいわけをします。

「かってにひっくり返った、と？　こりゃ、おもしろい」

中村が膝をたたきました。

「ほんとに、おまえはこの『からくり太郎』といっしょだ」

元恭が相撲取に、そういったので、みんながドッと笑いました。時習堂の酒宴のとき、相撲取に案内はしないのですが、どうやって嗅ぎつけるのか、きまってやってくるのです。

「洪庵先生の適塾に入っても、きみは決して誰にもひけをとらないよ。科学の実験でも、またオランダ語にしても石黒がつきっきりで教えたのだからね」

座敷から見える庭のむこうの空に、もう夕ぐれの気配がただよっています。

「私は私なりに、持っているものすべてを教えたつもりだ。こんどは洪庵先生のもとで教わりなさい。私は、ねえ、洪庵先生に……」

元恭は、ここで、しゃんと背すじをのばしました。

「医の……こころを教わった。きみも、きみじしんの力で、いちばん大切な医のこころを学びとることだ。

パンと膝をたたいて、元恭は、

「さあ、その首途《かどで》のお祝いだ」

と一同を見まわしました。

そのとき、田中儀右衛門が入ってきました。

「おお、間に合ってよかった」

久重が声をかけます。

「適塾では、すべてが試験の成績で決まるそうですね」

石黒が、栄寿に顔をむけました。

「そうです。会読《かいどく》といいまして、ね。一点をあらそうきびしさです」

中村が、あいづちを打ちました。

「なぁに、佐野くんは決してへこたれたりしないさ。さ、大いにやろう」

元恭が、みなにすすめます。

カラカラカラ　ギギッ
からくり太郎が、久重にむかって進んでいきました。

元恭が、サテ、と立ち上り、座敷を出ていきましたが、すぐに紙包を手にしてもどってきました。

「これは、江戸でオランダ人からもらったものだ。写本をするために使おうと思って大事にしまっていたのだが、記念にきみにあげよう」

元恭は、紙包をひろげて、中味をとり出しました。

それは、白鳥の羽でした。

鳥の羽の先をけずり、その先端に墨《すみ》つぼの墨でつくった黒インキをつけて書くと、西洋のペンと同じように、すらすらと書けるので、写本をするのにとても便利です。もっとも、用紙には明礬《みょうばん》を膠《にかわ》でとかした液を、薄く刷《は》いておくことが必要です。こうするとインキがにじみません。

「佐賀にはかささぎが多いらしいが、その羽とは、比べものにならぬだろう」

「かささぎの羽は、こんなに大きくありませんし、こんなに美しいものでもございません」

庭のむこうの空が茜に染まり、時習堂の座敷いっぱいに夕陽が射し込んできます。

「大坂と京とは目と鼻のところだし……」

久重がいいました。

「しかし、別れというのはどうもいかんな」

こういう中村に、久重が、石黒が、田中儀右衛門があいづちを打ちます。

この夕陽のなかの四人の誰ひとり、今日こうして別れてゆく栄寿によって、自分たちの運命がどのように変っていくのか、このときはまだ知るはずはありませんでした。

大坂の適塾で、緒方洪庵《おがたこうあん》にはじめて挨拶をしたとき、栄寿は、

「なんて、やさしい眼だろう」

と、思いました。

色が白く、鼻すじのとおった、広いひたいです。髪を長く肩の近くまでたらしていました。頬が少し落ちこんで、くぼんでいます。

その顎《あご》を少しつき出しかげんにして、

「佐野栄寿……さん、ですね」

と、おだやかな口調でいい、じっと栄寿を見つめました。

それから、

「古賀侗庵先生について学ばれたそうですね。古賀先生には、もうしばらく元気でいてほしかった」

こうつづけた後、洪庵は静かに目をつむりました。

侗庵は幕府の学者でありながら、ほかの幕府の学者とちがって、「オランダの学問を毛嫌いしてはいけない。オランダの学問は、いまの日本にはぜひ必要だ」という意見を

もっている学者でした。いっぽう洪庵は、幕府が（幕府の医者たちがオランダの学問を学ぼうとするのを、なんとか抑えつけねばならぬ）としていることを嘆いている人でした。

じじつ、幕府はこの翌年の嘉永二（一八四九）年に、「幕府の医者がオランダの本を翻訳するときには、必ず許可をうけよ」という規則をつくってしまったのです。

こういう時代でしたので、洪庵は、古賀侗庵にたいそう心をひかれていたのでした。

栄寿は洪庵を見つめながら、

（元恭先生が、「洪庵先生は日本一の西洋学者だ」と、ほめたたえたのは本当であった。そして、そんなふうにほめたたえた元恭先生も、やっぱり、洪庵先生と同じように偉い学者であったのだ。

それにしても、元恭先生とは、まったくちがった感じの先生だ。なんと、おだやかなお方だろうか）

と、心のなかでつぶやいていました。

「では、これに署名をして下さい」

洪庵は、半紙を二つ折にした帳面を差し出しました。

うすい絹の布《ぬの》を張った表紙の入門帳です。

栄寿はそれをおしいただいてから、机の上に置き、あらためて表紙を開きました。

この入門帳はいまも残っていて、大事に保管されています。

「緒方洪庵の門人は、三千人ほどいる」といわれていますが、入門帳に署名されている数は六百三十六人。ですから、弟子として入門しながら署名をしなかった者がおおぜいいたわけです。

入門帳をみると、栄寿が入門したのは百三十二番目です。

この頃はまだ、オランダの学問が盛んになる少し前ですから、栄寿は洪庵の門人としては、はじめの方ということになります。

栄寿の前には、日本にはじめて陸軍をつくった**大村益次郎**《おおむらますじろう》がいます。

栄寿の後に入門した人のなかには、**安政の大獄**で死刑になった**橋本左内**《はしもとさない》。西洋医学者の**長与専斎**《ながよせんさい》。慶應義塾大学をつくった**福沢諭吉**《ふくざわゆきち》。明治のはじめ、箱館《はこだて》戦争のときに、幕府の医者でありながら、「幕府方であろうと、官軍方であろうと、負傷者に敵とか味方とかの区別はない」と、すべての負傷兵の手当てをした箱館病院長の**髙松凌雲**《たかまつりょううん》。

そのほか、幕末から明治にかけて活躍した人たちが、たくさん名前をつらねています。

適塾の、奥の部屋で、洪庵に挨拶をすませた栄寿は、塾頭にしたがって玄関の方へもどり、そこから二階へ上っていきました。

階段を上って右手に、三十畳の大部屋があります。

そこが塾生たちの勉強部屋であり、また寝室なのです。

「きみは、あそこだ」

塾頭は、ぶっきらぼうにこう言って、部屋の一番端の壁のところを指さしました。

ぶっきらぼうといえば、さっきもそうでした。

栄寿が、

「佐賀の佐野栄寿です」

と挨拶をすると、だるまのような大きな目玉を、ぴくりとも動かさずに、

「むらた、ぞうろく」

ぞんざいにこう言ったきり、むっつりと口をむすんだのでした。

身体のつくりも、だるまの恰好に似ています。

この村田蔵六が、やがて栄寿と仲よしになり、

「日本を守るためには、軍隊は陸軍だけでなく、海軍も必要だ。その海軍のことは、佐野くん！　きみがぜひ、やって下さい」と、お互いに意見を述べあった、後《のち》の大村益次郎です。

塾頭の村田が、

「きみは、あそこ」

と、指さしたところは、部屋の一番奥の隅っこでした。

(これはひどいところだ。時習堂では、酒のみの相撲取が勉強のじゃまをすることはあっても、こんなに部屋の中できしめき合ってはいなかったぞ)

栄寿はびっくりしました。

三十畳に三十人の塾生がいて、そこで勉強をし、そこで寝るのです。畳一枚に一人、という割合です。

ですから、畳一枚の広さに、自分の着物や道具を入れた行李《こうり》をおき、その脇に小さな机をおいたり、机のかわりに、行李の上に板をおいて机にしたりしているのです。

秋の日はすぐに暮れてしまいます。三十畳の大部屋が、いつの間にか、うす暗くなると、部屋のすみの壁の方から、きらり、きらりと、ろうそくが灯りはじめました。

栄寿は、壁に身をすり寄せながら、塾生たちの小さな行李や七輪や鍋釜をまたいで、ようやく大部屋の一番すみの、自分の場所にたどりつきました。

こうして、適塾での栄寿の勉強がはじまりました。

勉強に、昼も夜もありません。ですから、枕を持っている者など一人もいません。机にうつぶせになったり、行李を枕にしたりして眠るのです。

栄寿もやっぱり、そんな恰好で眠りました。ときには、気づくと隣の席に眠っている塾生の足を枕にしていることもありました。

適塾には、オランダの原書が何もかも合わせて十部足らずしかありません。昼夜、勉強にはげんだおかげで、もはやそのほとんどが栄寿の頭の中に入ってしまいました。その中には丸ごと筆写をして、手もとにおいているものもあります。

さて……と、栄寿は考えました。

「残っているのは、あのズーフ辞書だけだな」

ズーフ辞書は、二階の大部屋の奥、左隣の部屋におかれていて、塾生たちは、そこをズーフ部屋と呼んでいます。

ズーフ辞書とは、オランダ商館長であったズーフという人が、オランダ語を日本語に訳した辞書のこと。和紙でおよそ三千枚の内容、それが二十一冊で一そろいになっています。

ズーフ辞書は、オランダの学問を勉強する人にとっては、なくてはならない辞書です。ですから、ズーフ部屋にはいつも、塾生たちが入りびたっています。ズーフ辞書はたった一日であろうとも、いや、たったの一時間であろうとも、だまって、ポツンと、そこにおかれていることはありません。

「どんなときも、誰かがズーフ部屋で、ズーフ辞書をひろげている」

と皆が思い、栄寿もそう思いこんでいました。

ところが、

「いや、そうではない。ズーフ辞書が手もちぶさたの様子で、寂しそうにしているときがあるぞ」

と、栄寿は気づきました。

毎月、一と六のつく日にある六回の会読が近づくと、もちろん、ズーフ辞書はひっぱりだこです。

でも、会読が終わったその夜などは、ちょうど、いまの学生たちが、

「やれやれ、やっと試験がすんだぞ。今日ぐらいは、ちょっと一休みするか」

と、遊びに出るのと同じような日があることに気づいたのです。

「よし、このひまを利用して、ズーフ辞書を写しとることにしよう」

栄寿は、そう決心しました。決心をすると、すぐさま実行にうつしました。

佐野栄寿という人は、これをしようと決めたら、かならず実行する。

ほかの人たちが、

「そうしようか、な」

と考えるだけで終りにしたり、途中で、

「これは、とても難しくて、おれにはできぬ」

と、なげ出してしまう場合でも、かならず実現させる。それが佐野栄寿の長所だ、そう言われています。栄寿のこの長所は、適塾のころから、はっきりとあらわれはじめています。

それからというもの、栄寿は、時間があればズーフ部屋にかけこみました。

ところが、そうとばかりはいかないようになりました。

「自由」と藩の命令

それは、洪庵のかわりに往診をいいつかるようになったからでした。

ある日の午後のことでした。

洪庵によび出されて、奥の部屋に行くと、

「佐野くん、往診に行ってくれないか」

洪庵がいいました。

「えっ、往診ですか」

栄寿がおどろいたのは、無理もありません。洪庵が、誰にでも気楽に往診をさせたりする人ではないことを知っていたからです。

それだけに、

(わたしを認めて下さったのだ)

と、栄寿にはふるえるような喜びがありました。

洪庵のそばで、塾頭の村田が、

「大やけどをしたらしい。その準備をして、すぐ行ってくれたまえ、頼むよ」

ぶっきらぼうの村田にしては、たいへん丁寧《ていねい》なものいいです。

栄寿は、薬をととのえて、すぐさま天満橋へと急ぎました。

大きな商店でした。おおぜいの使用人がいて、その使用人たちのためにつくっていた味噌汁の大きな鍋に、やんちゃな子供が尻をつっこんだというのです。

若旦那が、

「私の、一人っ子なのですが」

と、そこまで言ったとき、
ぶわわわ　ぶわわわ
ぶわおお　ぶわおん
ぶわおお　ぶわおん
奥の方で、ほら貝がひびきはじめました。
「じつは私の父が、祈祷師《きとうし》をよんでいるのです」
若旦那は困った顔をしました。
御隠居《ごいんきょ》が「孫かわいさ」のあまり、祈祷師をよびよせて祈祷をたのんでいるのです。
「とにかく、患者さんを診察しましょう」
座敷に入ってみると、やけどした子供の枕許《まくらもと》で、ときんをかぶった祈祷師が、
ぶわわわ　ぶわわわ　ぶわおん　おん　おん
と、ほら貝を吹きならしています。
その音は耳をつんざくばかりで、障子がビリビリとふるえました。
「これは、いけませんね」
四歳になったばかりだという患者は、もう声もかれて、ヒイヒイと力なく泣くばかりです。

栄寿は、患者のそばによりました。

すると、枕もとにすわっていた老人が、ジロリと栄寿をにらみつけます。

(ははぁ、この老人が気むずかしやの大旦那なのだな)

栄寿は、ちょっとおじぎをしました。

御隠居は、むっつりとしたままです。

(信心もよろしい。しかし、やけどをしている幼い子供に、ほら貝のひびきはたまらぬ。耳の鼓膜がやぶれてしまうわ)

栄寿は、

「では」

と、御隠居に会釈をして、すぐさま鼻紙で栓《せん》をつくって、子供の両耳にさしこみました。ついでに、栄寿は自分の耳にも栓をしました。

(これでよし、と)

患者の蒲団をはぎ、やけどの具合を調べはじめました。

御隠居が両手を出して、それをさえぎろうとしましたが、栄寿はその手を払いのけ、ていねいに診察をつづけました。

祈祷師は、栄寿の診察に反対ではないようです。しかし、

ぶわわわ　ぶわおん　おん　おん　おん

と、ほら貝を吹きならし、

じゃらじゃら　じゃらじゃら

と錫杖《しゃくじょう》をうちふりました。

栄寿は、用意をしてきた膏薬《こうやく》を、やけどのところにべったりと塗ってやります。

祈祷師は、

おんばさんば　あぶらうんてん　そわか

と呪文を、くりかえしくりかえし唱え、終りに錫杖とじぶんの右足で、ドン、ジャラ、と枕もとをふみ鳴らしました。

患者の小さな頭が、ギクリと動きました。

患者の足もとで、若旦那夫婦が、上座にすわって栄寿をにらみつける御隠居におろおろしています。

御隠居が、くどくどとしゃべり始めました。

でも、栄寿にはよく聞こえません。耳に栓をしていますから。

「さあ、おわりましたよ」

栄寿は、子供の右腕を、じぶんの左手でかるくにぎりました。また右の手で、子供の右の手のひらをそっとにぎってやりました。

子供の手のぬくもりが、栄寿に、あたたかく伝わってきます。ちょうど、春のやわらかい光をあびて流れつづける小川のように。


その夜、栄寿はズーフ部屋で、すっかり眠りこんでしまっていました。目をさますと、仲間の塾生が、栄寿にかわって筆写をしてくれているではありませんか。

「これは、どうも」

栄寿は恐縮して、頭をかきました。

「ちょうど、フレイヘイドのところでしたね。

フレイヘイド　自由
そこまで、写してありました。この白鳥のペンと、それに一枚の紙切れがはさんでありましたが、これはなんでしょうか」

仲間が、紙切れをさし出しました。

「ああ、これですか。これはわたしが心おぼえに書いておいたものです」

その紙切れには、
自分に頼ってしたがう

自分で考える
と書いてありました。

「自由という字句は、自分に頼ってしたがうという意味がありますが、その底には脈々として自分で考える精神が流れているのだ、とわたしの前の師である広瀬元恭先生から教わりました。わたしはそのことを、『それこそ、自分で考えなくてはならぬ。そのためにこの適塾に入ったのだ』と、心でしきりにつぶやきながら、フレイヘイドの個所を写したことでした。

だいいち、『適塾』（適々斎塾《てきてきさいじゅく》、適々塾ともいう）の名前の由来である『適々』だってそうでしょう。『おのおのその適したるところにしたがう』ということは、自分に頼ってしたがうということではないでしょうか。そして、それには、自分の中にしっかりしたものがなくてはならないでしょう。ですから、やっぱり『自分で考えるという姿勢』、それが大事だと思うんです。そうでなかったら、人間の進歩はないと思うんです」

栄寿は仲間の塾生に、熱っぽく語るのでした。

栄寿にとって適塾はまさしく、「自分に適したところ」であり、「自分に頼ってしたがうことのできるところ」だったといえるでしょう。

しかしこのとき、皮肉な運命が、すぐそこまでやってきていたのでした。

そのころ世界の状勢は、日本だけが自分の国に閉じこもってのんびりと過ごしているわけにはいかなくなってきていました。

すでに長崎に入港したオランダ船が、外国の事情をしらせるオランダ風説書という書類を幕府に差し出して、

「いつまでも鎖国をしてはいられません。いまにもイギリスやロシアや、またアメリカが、日本と貿易しようとやってきますよ」

と教えてくれたのですが、幕府はいっこうに取り上げようとしません。

そのうちに、日本の人々は、イギリスと清国（中国）がアヘンが原因で戦争をはじめ、その結果、清国が大敗して、イギリスの要求を丸まる受け入れたという事実を知りました。

それは、天保十二（一八四一）年から天保十三（一八四二）年にかけて起こった戦争で、いまでは**アヘン戦争**とよばれています。

イギリスは、オランダ風説書にもあったように、インドを植民地にしていましたが、そこで栽培されるケシの花からとった麻薬アヘンを、清国人の好みに合うように仕上げて清国に密輸させていて、この収入がイギリスの大きな財源となっていました。

ところが、清国では、アヘンの中毒患者は増えるし、ふだん取引に銅銭を使っている

のに、イギリスには銀で支払わねばなりませんから、銀の値段が異常なほど高くなって、清国の財政を圧迫し、商業がつぶれそうになってきました。そこで、清国がアヘンの密輸を根絶しようとしたのですが、そのことがきっかけで、清国とイギリスとの間に戦争が起こったわけです。

こうして天保十一（一八四〇）年夏、四十八隻の軍艦と四千人の兵からなるイギリス艦隊が北上してきて、北京への通路にあたる太沽《タークー》、天津《てんしん》をおびやかしたのです。イギリスはこのアヘン戦争で、早くも**アームストロング砲**を使用しています。

清国の大敗は、日本の人々にとって大きなショックでした。なぜなら、清国はアジアの大国ですし、これまでの日本の文化は清国によって発展してきたわけですから……。

（イギリスが次にねらっているのは日本だ）

こういう思いが日本人ぜんたいの中に高まってきたのは当然のなりゆきでした。

さて、この頃になると、外国船が対馬《つしま》や五島《ごとう》（長崎県）、蝦夷地《えぞち》（北海道）や陸奥《むつ》（奥羽地方）の沿岸に、しきりに出没するようになりました。

そのうちに、アメリカの軍艦が長崎に入港したり、イギリスの軍艦が相模《さがみ》沖にあらわれて江戸湾を測量したりしました。

「このままでは、長崎が危ない。長崎港を守るため、砲台を増築して下さい」

佐賀藩は幕府に願い出ました。嘉永元（一八四八）年十二月のことです。

しかし、幕府は、

「敵が攻めてくるわけでもないのに、わざわざ大そうな費用をかけて砲台をつくる必要はない」

と、その願いをつっぱねました。

「幕府で費用の負担ができないなら、佐賀藩でなんとかしてその費用をまかないます。長崎を守らなければ日本は危ないのです。ぜひ、長崎に砲台を造らせて下さい」

「それを佐賀藩の費用ですませるのなら、いっこうに差支えはない」

こうして、やっと許可がおりました。

日本の国土を守るため長崎の砲台を万全にしようというのに、佐賀藩で費用をうけもつなら許可するとは、おかしなはなしです。

しかし、佐賀藩としては、そんなことにこだわってはいられません。

「外国の武力で、日本の領土や国の利益が奪われてはならない」

「一刻も早く、西洋の技術を学び、長崎に堅固な砲台を築こう」

「外国とおなじように、大砲や軍艦をつくって、日本を守らねばいけない」

と、佐賀藩は勇みたちました。これは、すぐにも実行にうつさねばならないことなのです。

すでに、佐賀藩では、江戸にいる伊東玄朴を中心に、長崎防備に必要な蘭書を翻訳させていて、火術方《かじゅつかた》の杉田雍介《すぎたようすけ》がその一つ『反射炉《はんしゃろ》』の翻訳をすませ、佐賀に帰ってきました。

「さあ、反射炉を……」

佐賀藩は蘭書を下敷に、いままで見たこともない**反射炉**（金属の製錬や溶融に用いる炉の一種で、炉天井に蓄熱してその輻射熱《ふくしゃ》を利用するところからこの名がある）を作ろうというのです。

ちょうど同じころ、伊豆（静岡県）韮山《にらやま》でも反射炉をつくろうと、代官江川太郎左衛門《えがわたろうざえもん》によって研究がすすめられていました。

そこで佐賀藩は、江川の教えをうけながら、反射炉を築きはじめたのですが、「玄朴塾の象先堂《しょうせんどう》に留学させている蘭書翻訳の陣容を、もっと充実させなくてはいけない」ということになりました。

「適塾の佐野栄寿に、江戸での仕事をうけもたせましょうか」

「そうだ、あいつを江戸に出そう」

御側役古川松根《ふるかわまつね》の意見に、藩主の直正《なおまさ》はすぐに賛成しました。

栄寿が江戸の象先堂へ行くことに決まると、洪庵が、

「じつは、私は牛痘《ぎゅうとう》を接種して、人間の天然痘の予防をしようと決心し、これからその仕事をきみといっしょにやりたいと考えていました。それができないのは残念ですが『藩の命令』とあらば、何ともいたしかたありません。

しかし、江戸の伊東玄朴先生は、幸いにきみと同じ佐賀藩の人だし、私もよく知っているすぐれた学者です。

どうぞ、適塾で勉強したときと変わらぬ心がけで勉学にはげみ、世のため、人のために働いて下さい」

と、言葉をかけました。

栄寿は、

「これからは蘭書の翻訳が主な仕事になりますので、医者の仕事はいくらかおるすになるかも知れません。ですが、洪庵先生から教えていただいた医のこころで、世のため、人のために働きたいと思います。

それがまた、こんど新しい師になって下さる伊東玄朴先生に対する弟子の道であると信じています」

と、こたえました。

「おい、佐野よ。江戸へ行ったって、教わることは何もないぜ。適塾が日本一なのだからな」

「何か金目《かねめ》のものがあれば、そいつはおいていけ。ただ、ズーフ辞書だけは記念に持っていっていいぞ。きみが、あんなに頑張って筆写したのだからな」

「うむ。それがいい。いざというときには、高い値段で売れるわい」

適塾の塾生たちは、にぎやかにお別れの会を開いてくれました。

「では、村田蔵六どのが岡山から帰ったら、くれぐれもよろしく伝えてくれよ」

塾頭の村田蔵六は、この時、洪庵の代理で岡山に長期の出張をしていました。

「よし、承知した」

「も一つ、適塾のみやげを忘れずに江戸へ持っていけ」

「も一つ？　みやげ？」

「適塾名物のしらみだ。はははははは」

それは、嘉永二（一八四九）年夏のはじめのことでした。

たった一人の人間の生命《いのち》のことが

人間の天然痘を救うために、天然痘にかかった牛からとった痘苗《とうびょう》（ナエ）を人間の腕に植えつける予防法が、佐賀藩医、楢林宗建によって成功しました。

それは栄寿が江戸の玄朴、象先堂に入門する前後のことでした。

この成功をきいて、鍋島直正は佐賀城で、幼君（第十一代鍋島直大《なおひろ》）に種痘をうけさせました。それは嘉永二（一八四九）年八月のこと。

年が明けて、嘉永三（一八五〇）年十一月には、江戸の佐賀藩邸で直正の娘、貢姫《みつぎひめ》に伊東玄朴が種痘を行いました。ナエは牧春堂《まきしゅんどう》、佐野常徴《さのつねみ》らによって佐賀から運ばれたものでした。

それをきっかけにして、玄朴は牛痘接種をはじめました。

「おそろしい天然痘にかからない方法ができたそうだ」

「伊東玄朴という大先生が発明したのだ。玄朴先生は天下一の名医だ」

この評判は、江戸中にパッと広がりました。

「これで、江戸ではもう天然痘にかかる人はいませんね」

玄朴を囲んで、塾生たちがにぎやかに話しこんでいます。

「そうだな、まずまず、天下安泰というところだ。どれ、もう一杯、茶をくれぬか」

玄朴は、茶碗をさし出しました。

「玄朴塾のわれわれは鼻たかだかですよ」

塾生の一人が、お茶を汲《く》みながら、いいました。

そのとき、それまでうつむいていた栄寿の顔がフッと、上を向きました。

(いや、鼻たかだかとばかりはいっておれないのではなかろうか)

そう思った瞬間、栄寿の顔がひとりでに上を向いてしまったのです。

玄朴が、目ざとくそれをとらえました。

「何か、言いたそうだな」

「いえ、べつに」

「そうではなかろう。何ごとも勉強だ、ききたいことがあったら言ってみたまえ」

玄朴にそういわれて、栄寿は、

(そうだ、いま、自分がどう動くのが、どう進むのが医者として、人間として、いちばん正しい道なのか。それを知りたい)

と、思いましたので、

「玄朴先生。牛痘で天然痘にかかるのを防ぐことができる。人間がこれで助かる、そういうことになっていますが、種痘をしたために死ぬ人たちがあるかぎり、種痘で天然痘を防ぐことができる、と喜んでばかりはおれないのではないでしょうか」

といいました。

玄朴は顔を真っ赤にして、

「なに！　種痘で天然痘はすくわれぬ、というのか。それでは、きみは、天然痘のために、次から次へと死んでいく人たちをそのまま見すてておけ、というのか。それで医者のつとめが果たせたと思っているのか」

と、矢つぎ早に叱りつけます。

「いいえ、わたしも天然痘で死んでいく人たちを助けたいと思います。ですが」

「ですが――、どうしたというのだ」

「ですが、十人のうち五人が助かって、五人は死んでしまったというとき、いいえ、十人のうち九人が助かって、死んでしまったものはたった一人であったとしても、そのたった一人の人間の生命《いのち》を思うとき、手ばなしで喜んではおれないと思うのです」

「すると、なにかい？　十人のうち、いや百人のうち一人でも死んだら、医者のつとめはほんとうは果たせていない、というのか。そんな馬鹿な。それは、へりくつというものだ」

栄寿は、

「でも、わたしにはそのたった一人の人間のいのちが気になってしょうがないのです」

と、自分の気持ちをうったえました。

「きみは、そのたった一人の人間にこだわり、それで何百人、何千人のいのちを見捨てるというのか。

じゃあ、きみは私にどうしろ、というのか」

玄朴が、唇《くちびる》をふるわせていいました。

「分かりません。それが、分かりませんので……」

ほんとに分からない、と栄寿は心のなかで泣きたい気持でした。

「きみは、自分で分からないくせにそれを私におしつけ、私の種痘にケチをつけようというのか」

その座にちょっと、ざわめきが起こりました。

「そいつは無理な注文というものだ」

「佐野くんは、一途すぎるわ」

と。

玄朴も、栄寿の言い分がわからないわけではありません。それは玄朴ののぞむところでもありました。そうはいっても、そのまま放っておけば天然痘のために、人びとがばたばたと倒れてしまいます。ですから、そのままにしてはおけません。医者として、ただ手をこまねいて見ているわけにはいきません。

「きみはどうもいけないね。詩がうまいとか、少しばかり頭がいいなどと、藩校で評判をとったりしていることが、きみを図にのらせているのだな。殿様の手前もあるので、きみを塾頭にとりたててきたのだが……。そんなきれいごとを並べる前に、あれこれの借金をちゃんと清算《せいさん》することだ。酒は飲みほうだい、金は借りっぱなし。勝手なもんだ。金がなかったら、佐賀の野中どのからでも借りてすぐに始末したまえ。このままでは、師である私の顔は丸つぶれですぞ。はなしは、それからのことだ」

玄朴はこういって奥の部屋にひっこんで行きました。

(しまった。そういわれてみると、誰彼から金を借りたままになっている)

借金を計算してみると、二十七、八両にもなっていました。

(うっかりしていたが、これはまた大変な金額になってしまった。かといって、佐賀の野中どのに酒の代金までたすけを受けるわけにはいかぬ。はて、どうしたものか)

いま、金に換《か》えられるものといえば、栄寿が自由にできるズーフ辞書だけです。栄寿は、やむなくズーフ辞書の一そろいを、玄朴塾に出入りしている薬屋にたのんで、金に換えてもらいました。おかげで三十両の金が手に入りましたので、それでやっと、借金の支払いをすませました。

「さあ、きれいさっぱりになった」

栄寿は、大きく両手をあげて背のびをしました。ところが、全身がへんに熱っぽく、だるくてしかたがありません。

このとき、栄寿はすでにチブスにかかっていたのですが、それとも知らず、

「酒でものめば元気がでるだろう」

と、いつもの居酒屋で少しばかり酒を飲み、ほろ酔いきげんになりました。

(どうもこうも、こう金使いが荒くてはいかぬ。これから気をつけなくては……)

と塾にかえり、玄関を上ると、玄朴が廊下に立っていました。

「これは、どうも」

「待ちたまえ。きみ！　酒を飲んでいるな」

「は、ほんの少し」

「ほんの少し、だと。チェッ」

「なにか、わたしが……」

「佐野くん！　きみは、それでも学者といえますか」

廊下の奥へと行きかける栄寿を追いかけながら、玄朴がどなり声をあげます。

「きみは学者のたましいである辞書を、売り払ってしまったそうだな」

「それは、その……」

「例によって、ここでも言い訳をしようというのか」

玄朴は一気にまくしたてました。

「もう、きみには手をやいた。いったい、このことを殿様にどう報告すればいいのか。私はきみを殿様からおあずかりしているのだぞ」

玄朴の怒声《どせい》を一身に浴《あ》びながら立ちつくす栄寿のからだは、まるで火のようです。チブスの熱がひどくなってきたのです。足もガクガクしてきて、玄朴と向かい合って立っているのさえつらくてたまりません。

「私まで、きみのために大恥をかくわ。ええ？　どうすればいいのかね」

玄朴が、つめよります。

栄寿は、くらくらと目まいがしてきました。くずれそうになった身体をやっと立てなおしました。

「どうぞ……ありのまま……を……報告……して下さい」

「なに、ありのままを、だと」

玄朴が血相をかえました。

「よし！　やむを得ぬ。破門だ」

「え、破門？」

「そうだ。出て行ってくれ！　佐賀へでも、どこへでも、好きなところへ行くがいい」

(破門？　ここから出て行け、と？　それは、「死ね」ということではないか)

そこまで考えたとき、ひどい寒けが栄寿に襲いかかってきました。チブスの熱が火のようにからだをせめたて、目の前がまっくらになり……そのまま、倒れてしまいました。


それから一ヶ月あまりを玄朴塾の病室で療養したあと、栄寿は九州にかえることにしました。ですが、それは佐賀に、ではありません。長崎に行くことにしました。長崎で蘭学塾を開いて、もう一度、はじめから再出発しようと決心したのです。

玄朴塾のほうは、

「破門ということになれば、きみの一生にキズがつく。病気で退塾、ということにしてやろう」

と玄朴が、折れてくれました。

（佐賀には戻れない。しかし、佐賀のために、ぜひ、何か仕事をして報《むく》いたい。それには、どうすればいいか）

こうして考えついたのが、佐賀を科学の王国にすることでした。

（よし！　京都の四人の学友、田中久重、田中儀右衛門、中村奇輔、石黒寛二を佐賀に招こう。田中親子のカラクリの技術、中村奇輔の科学の理論と実験、石黒寛二の語学と、この四人がそろえば佐賀藩は日本一の科学王国になれる。英邁《えいまい》な殿様のことだ、必ず、この四人を使って蒸気機関を作るにちがいない。そうすれば蒸気船もできる。その船で広い海をのりまわすこともできる）

と、思いは走りました。佐賀藩主の直正は、西欧の文化から積極的に新しい知識を取り込もうとする開明的な殿様で、オランダかぶれの蘭癖《らんぺき》大名ともよばれていたほどでした。

栄寿は江戸をたつと、京都の時習堂に、むかしの学友たちをたずね、

「あなた方がこうしてコツコツと一人だけの力で研究をつづけても大した仕事はできません。佐賀にいらっしゃい。佐賀の殿様は、西洋科学を研究し、科学機械を作るのに費用の出し惜しみなどしません。あなた方が佐賀で、西洋に負けない機械を作ることは、広く日本のためでもあり、あなた方一人一人のためにもなるのではありますまいか。こ

れはまた、わたしのお願いです」

と、たのみました。

栄寿の熱心な勧誘に、四人はそろって佐賀に行くことを承知してくれましたので、栄寿は、一足さきに長崎に向かいました。

嘉永四（一八五一）年夏のことでした。

3　博愛の旗をかかげて

パルラダ号とカドサンドリア号

嘉永四（一八五一）年の秋。

京都で、田中久重《たなかひさしげ》たちを説きふせて、佐賀に来てもらうことにした栄寿は、一足さきに九州へむかい、江戸をたつとき決心していた通り、長崎蘭学塾をひらきました。

ところが、これを知った直正は、

「すぐ、佐野をよびもどせ」

と腹をたて、

「無責任だぞ。おまえが折紙をつけた科学者たちを誰が使うのか。その仕事はほったらかしにして、長崎でのうのうと蘭学の勉強をしようというのか」

と叱りつけます。

「いいえ、そういうわけではございません。わたしは江戸で危く破門になりかけたほどで、われながら自分が情けないのです。なにもかにも、分からないことだらけなのです。わたしは医者になって世のため人のためになりたいと考えていましたが、これでは医者になるどころのさわぎではありません。そこで、習いおぼえた蘭学の塾をひらいて、はじめから勉強をし直したいと思っているのです」

栄寿は心の中を打ち明けました。

御側役の古川松根が、

「殿様は、なんにも分からないおまえに、四人の科学者を使いこなしてみろ、とおっしゃっているのだ」

といい、直正が、

「京都の四人を使って、科学の研究を命がけでやってみろ！」

と、重ねました。

こうして、嘉永五（一八五二）年十一月、佐賀藩に精煉方《せいれんかた》（いまでいえば理化学研究所）ができ、あけて嘉永六（一八五三）年、栄寿は精煉方主任となりました。

直正は、

「栄寿は医者の名前だ。こんどは武士らしく栄寿左衛門に名前を改めろ。その髪の恰好もおかしいぞ」

と命じました。

栄寿左衛門と名のるようになった彼は、蓄髪《ちくはつ》（髪を伸ばすこと）を命じられても、それまで総髪だった上に、髪はすぐさま生えるものではないので、しばらくの間、カツラをかぶって仕事をしました。

嘉永六（一八五三）年六月、アメリカの東インド艦隊が、司令長官**ペリー**に率いられ浦賀に来航しました。

太平のねむりをさますじょうきせん
たった四はいで夜もねむれず

という歌がはやったのはこの時です。「上喜撰」という上等のお茶の名と、「蒸気船」とを、お茶をのむと夜ねられなくなることに掛けたものですが、とつぜん浦賀にあらわれた四隻の**黒船**―大きな鉄の軍艦に、徳川幕府はじめ日本国中がおどろきました。

まるで海の上を動く城であり、その城からもしも大砲を撃ちこまれたら、備えもないこちらはひとたまりもありません。ですから大さわぎになりました。

これと前後して、ロシアの使節**プチャーチン**が、旗艦パルラダ号を先頭に、四隻の軍艦をひきいて長崎の港に入ってきたので、九州もまたひとさわぎです。

プチャーチンは、ロシア使節として日本にロシアとの国交をもとめるためにやってきたのです。

ところが、九州のさわぎは、ペリーに対する騒動とは少しようすがちがっていました。

それはプチャーチンがペリーのように強引に開国を迫るのではなく、友好的だったからでした。というよりも、じつはロシアはそのころトルコと戦争をはじめていて、それも相手がトルコだけならよかったのですが、ヨーロッパの国ぐにがトルコの味方をしそうになったので、プチャーチンは気が気でなかったのでした。

そして、とうとう、日本との国交のはなしを途中で打ち切ってロシアに帰ってしまいました。

このトルコとの戦争が、やがて**ナイチンゲール**の活躍した**クリミヤ戦争**へとひろがっていくのです。

さて、そのころ長崎には、

肥前（佐賀藩）の四郎島《しろうしま》ァ　石で築《つ》き止《と》めたンよ
石でァ　築《つ》けども　これ金《かね》の土居《どい》（せき）

という舟唄がありました。これは佐賀藩が、ありったけの財産をかたむけて増築した砲台を、長崎の人たちが船をしたてて見物しながらうたった唄です。

そして、プチャーチンが渡来すると、この唄に、

オロシヤ、プチャーチンもこれには目を出した（おどろいた）

と、あたらしい一節が加わりました。

事情はともかくとして、この唄から長崎の人たちの心意気がうかがえるようです。

パルラダ号の来航は、佐賀藩の精煉方にとってはまさにチャンスの到来でした。幸い

なことに、佐賀藩からも儀礼使（お祝いの使者）がパルラダ号に上船することになり、栄寿左衛門は中村奇輔を、儀礼使の従卒として乗りこませました。

そのころの精煉方一同にとっては、（蒸気機関を作ることさえ出来れば、あとは船も汽車も自由に走らせることができる。原理はわかっているのだが、どうしてもじっさいの形が頭の中に浮かんでこない。どうにかして実物を、一目でいいからこの眼で確めたいものだ）

それがいちばんの願いでした。ですから、栄寿左衛門は、

「蒸気機関の原理を応用した器械が、パルラダ号のどこかに使われているかも知れない。いや、必ず使われているはず。これを見落とさないように、しっかり目を見張ってみてきて下さい」

と念をおして、中村を乗りこませたのでした。

予想どおり、これは大成功でした。パルラダ号で催された儀礼使をもてなす酒宴のあと、案内された士官室で蒸気機関車の雛形（ミニ）を見せてくれたのです。

この結果、精煉方はあれこれとその製造を試して何度も失敗をかさねながら、ついに日本ではじめて蒸気機関車をつくりあげることに成功しました。

これは、パルラダ号が長崎にやってきた日から二年後の安政二（一八五五）年八月の

ことですが、その二ヶ月前の六月には、徳川幕府によって長崎に**海軍伝習所**が開設され、オランダから徳川幕府に贈られた**スームビング号**という蒸気船を練習艦として、オランダ海軍の伝習団長ペルス・ライケンのもとで伝習が行われることになりました。

伝習には幕府の武士だけではなく、全国各藩からの参加が許されました。このときの伝習生は総勢七十名。伝習生の監督には、のちに**咸臨丸**《かんりんまる》の船長として太平洋を横断し、アメリカに航海した**勝麟太郎**《かつりんたろう》（**海舟**《かいしゅう》）。佐賀藩からは、栄寿左衛門が精煉方の田中久重、田中儀右衛門、中村奇輔、石黒寛二ら四十八名をひきつれて参加し、佐賀藩伝習生の監督として、勝麟太郎と力をあわせ、日本ではじめて海軍士官を養成したのです。

その頃、わが国では、軍隊といえば陸軍のことで、まだ海軍はありませんでした。幕府や諸藩から海軍伝習に参加した武士たちは口ぐちに、

「おれたちは、わざわざ船乗りの稽古《けいこ》にきたわけではない。西洋の学問を勉強しようと思って参加したのだ」

「おれたちのように身分の高い者がそこらの身分の低いやつらと一緒になって、マストにのぼったり、帆を張ったり、甲板掃除したりできるものか」

と反発し、伝習にはまったく気のりがしないようすです。

ところが佐賀藩では、はじめから西洋式海軍を習おうとして参加した人たちばかりで

したから、身分の高低を問わず、皆が熱心に伝習に励みました。

それに、佐賀藩では他藩に先がけて、いち早く蘭学の授業をはじめていましたので、教官の教えをのみこむのもはやく、いい条件のもとで指導をうけることができました。

やがて、ペルス・ライケン団長と交代してカッテンディーケ団長が任務をひきつぎました。

佐賀藩からは、さらに、若い二人の秀才中牟田倉之助、秀島藤之助が伝習に加わりました。

栄寿左衛門はカッテンディーケから、西洋には、航海する船が難所を避けて安全に目的の港にたどり着けるように、**灯台**というものがあることを教わりました。

こんなとき、カッテンディーケはいつも、「わたしのサンノよ」とよびかけては、目を細めてくわしく教えてくれましたが、同時に、栄寿左衛門はほかの人よりも、よけいに叱りつけもされました。

それは、安政五（一八五八）年八月八日のことでした。

長崎地方に、巨大な嵐が襲いかかりました。ちょうどこの時、オランダの美しい船カドサンドリア号が港外の島かげに錨《いかり》をおろしていましたが、この荒れ狂う暴風雨のため、岩にぶつかっていまにも沈没しそうになり、船長は日本人に救助をもとめました。

ところが、日本の救助船がやってきたのは、ようやくまる一日を過ぎてからのことでした。もうその時には、カッテンディーケたちの懸命《けんめい》な救助もおよばず、カドサンドリヤ号は沈没し、若い船長夫人と水夫一名が死んでしまいました。

カッテンディーケは、太い指を栄寿左衛門の胸につきつけて、

「サンノよ！　日本人はこんなに臆病なのか。日本人には進取《しんしゅ》の気性《きしょう》はないのか」

と、なじりました。

栄寿左衛門は「いいえ、そんなことはありません」と、はっきり言い返したかったのですが、日本の救助船がまる一日もたってからやっと現場に姿を見せたのは、事実なのです。

「現場近くの漁師や栄寿左衛門たちが、すぐに難破船の救助に出かけたいと思っても、みだりに外国船に近づいてはならぬ、という長崎奉行のきびしいオキテがあるので、役人の許可をうけぬまま勝手に救助船を出すわけにはいかないのです」といくら言い訳をしてみても、カッテンディーケに分かろうはずはありません。たったいま沈没しそうな船を、しかつめらしい届けを出し、許可をうけてからでないと救助船が出せないというのでは、とうてい時をあらそう救助の役には立たないのですから。

栄寿左衛門はカッテンディーケの前に、ただだまって頭を下げるよりほかにしようがありませんでした。

おのれ、エレキテルめ！

カドサンドリア号が遭難した年から二年後の万延元（一八六〇）年三月、大老、**井伊《いい》直弼《なおすけ》**が江戸城桜田門外で、水戸浪士に襲われました。

井伊大老は、朝廷のゆるしを得ずに、アメリカと交易する**日米修好通商条約**を結ぶことにきめ、それに憤った朝廷方の人たちをとらえて処刑しました。これを**安政《あんせい》の大獄《たいごく》**といいますが、このとき、橋本左内も死罪に処せられました。橋本左内は福井藩（福井県）の医者の家に生まれ、適塾には、栄寿左衛門（当時は栄寿）が江戸の玄朴塾に出立してまもなく入門しています。入門帳でみると、百三十二番目の佐野栄寿のあと、百八十三番目に橋本左内の署名があります。左内は適塾で学んでいるとき、夜になるとこっそり塾を抜け出して、病気にかかった貧しい人たちの手当てをするほどやさしい心の持主でした。

こうしたひどい処刑が、かえって幕府への反感をつよめ、井伊大老はついに浪士たちに襲撃され、殺害されたのです。

いまでは**桜田門外の変**とよばれているこの事件の二ヶ月前、勝麟太郎を船長とする咸臨丸がアメリカに向かって船出しました。日米修好通商条約の最後の仕上げとして、批准書《ひじゅんしょ》（国家間で取り決めた約束に対して、双方の国がそれを認識し同意を示す文書）を交換するためアメリカに使節を送ったわけですが、このとき、咸臨丸に秀島藤之助も乗り組みました。そして新しい西洋の知識を得て、藤之助は万延元（一八六〇）年、夏の終りに佐賀に帰ってきました。

幕府の軍艦**観光丸**《かんこうまる》を佐賀藩が預かるようになったのは、このすぐあとのことでした。観光丸とは、栄寿左衛門にとってはなつかしい、あの長崎海軍伝習所の練習艦スームビング号のことです。

佐賀藩の海軍が優秀であったのはもちろんですが、当時、蒸気船の故障をすぐに修繕できるのは、佐賀藩だけでした。というのも、佐賀には、栄寿左衛門がその陣容をきずいた精煉方があったからなのです。当然のことながら、栄寿左衛門が観光丸の艦長にえらばれました観光丸が佐賀藩に預けられてから三年後の文久三（一八六三）年、栄寿左衛門が四十一歳のとき、早津江川のほとりの三重津《みえつ》に、海軍所が建てられました。

その翌年、元治元（一八六四）年の夏が終り、九月になってまもなくのことです。佐賀藩は、イギリス製の蒸気軍艦を買い入れることになり、検査役に秀島藤之助と精煉方の田中儀右衛門がえらばれました。

栄寿左衛門は、

「きみたちが検査をすませたあと、私が出かけてゆき、正式に甲子丸《こうしまる》と名づけて受け取る手はずだ」

と、説明したあと、

「儀右衛門どの。岩次郎くんを長崎に連れていくがいい。わたしが、いろいろと見学をさせてあげよう」

と、いいました。

「それはありがたい。岩次郎も、もう十五歳ですから」

「そうか、わたしがはじめて江戸に上ったのも、ちょうど十五歳だったよ」

と、栄寿左衛門はそのころのことを思い出しているようでした。

藤之助と儀右衛門父子が長崎に着いたとき、空には黒い雲が垂れこめていましたが、藤之助たちが甲子丸にのりこんで、綿密《めんみつ》な検査を終える頃には、しのつく雨となり、雷鳴さえとどろいてきました。

藤之助は、甲子丸の検査をはじめたときから、ときどき顔をしかめたり、こめかみを圧《お》さえたりしていました。けれど、儀右衛門は、

(いつもの頭痛だな)

と、さして大事には思っていませんでした。

ところが、そのときすでに、藤之助のあたまは狂いかけていたのです。

藤之助は藩の青年のなかでも指おりの秀才で、数学が得意でした。のちに海軍中将になった中牟田倉之助とともに、長崎海軍伝習に加わり、とくに数学を勉強するようにと命じられたのでした。

ただ、藤之助はからだが弱く、とても神経質でした。

甲子丸の検査に出張するころ、藤之助はアームストロング砲という、砲腔に螺旋《らせん》状の溝を刻んだイギリス製の大砲の研究を命じられていて、「もう一歩で完成」というところで砲身が炸裂し、研究はそのまま行きづまっていました。藤之助の頭はそのアームストロング砲のことでいっぱいでした。

「螺旋が、こう回る。速度が加わる。速度が加わる……ということは?　のう田中どの!」

儀右衛門は藤之助のそばで甲子丸の検査書に目を通していましたが、こうよびかけられて、

「ああ、びっくりした。何ですか」

と顔をあげました。ところが、藤之助は、もはや、独り言なのです。

「問題は火薬か？　いや待て、砲身が裂ける、ということは」

藤之助がこういったとき、
ピカッと、稲光がひかりました。藤之助はあわてて顔をふせました。

儀右衛門は、

「なんのことかと思ったら、アームストロング砲のことか」

とつぶやきながら、

（そんなに根をつめて仕事をしたら、頭もからだも、くたくたに疲れてしまうよ。疲れるくらいならまだしも、頭とからだがくずれてしまったら、元も子もないではないか）

と思いました。

「なに、アームストロング砲のことか、だと？」

藤之助の目が、異様に光りました。

（おや、おかしいぞ！）

儀右衛門が、思わず息をのんだとき、雷鳴がとどろき、同時にするどい白光が、部屋に射し込みました。

とたんに、

「おのれ!」

藤之助が立ち上りざま、刀を抜きました。

「たしかに見とどけたぞ。儀右衛門め! おぬし、エレキテルのからくりで、雷をおこしたな」

悲鳴のような藤之助の声。

「もう、かんべんならぬ」

と、やにわに斬りつけます。

「待て!」

儀右衛門は岩次郎をかばいながら、叫びました。

「待てるものか。君命《くんめい》(殿様の命令)だぞ! はじめから、怪しいとにらんでいたのだ」

しゃにむに、藤之助は斬りかかります。

藤之助の狂った頭は、こうして自分が斬りかかるのも殿様の命令によるものだ、と思いこんでいるのです。

一瞬、白光が部屋いっぱいを照らしました。

その白光の中に、血刀を下げた藤之助が突っ立っていました。

佐賀にとどいた急便に、栄寿左衛門をのせた早駕籠が、夜半の長崎街道をとぶように駆けて行きます。

長崎の藩屋敷に着いたとき、儀右衛門は栄寿左衛門にあてた辞世をのこして、岩次郎とともに息をひきとっていました。

藤之助は、栄寿左衛門をみると、にやりと笑いました。

「これから大変ですが、佐野さま、きっとやりとげます。討死《うちじに》するかくごで数学に精進しますよ」

栄寿左衛門は、はっと目をそらしました。藤之助が、まったく正気をうしなって、呆《ほう》けた顔をしていたからです。

うちひしがれた栄寿左衛門に、さらにいたましい事件が襲いかかりました。

「佐野さま、合薬所で新しい火薬の実験中に……」

「なに？」

「とつぜんの爆発で、中村どのが両眼をやられました」

「えっ!」

(中村奇輔が眼を! なんということだ!)

栄寿左衛門は、ぼうぜんと立ちつくしてしまいました。

京都の時習堂で、田中儀右衛門や中村奇輔に、

「佐賀にいらっしゃい。そうすれば、あなたたちの好きな科学の研究がいくらでもできますし、それは世のため、人のためにもなるのです」

くり返し、くり返しこう述べたてて、やっと佐賀行きを承知させたあの日のこと。

「早く、アームストロング砲のことを片づけて、ゆっくり数学の勉強をしたい。佐野さま、ぜひ、そうさせて下さい」

と、真剣な顔付で語っていた藤之助のことば。

それらが、ドッと栄寿左衛門を攻めたててくるのでした。

パリへ

年号が元治から慶応にかわる頃になると、徳川幕府の力は日に日に衰えを見せてきました。それを元どおりに回復させようと、幕府方は懸命です。いっぽう、幕府をたおして朝廷方の政治を実現しようとする勢力がいます。この勢力のうち薩摩藩（鹿児島県）と長州藩（山口県）が同盟をむすんだのは慶応二（一八六六）年二月のことでした。

ちょうどそのころ、フランスではナポレオン三世が、パリに世界各国の物産をあつめて大博覧会を開催しようとしていました。ナポレオン三世が、この博覧会を開いて、フランスの国力が強大なことを世界各国の人たちにみせつけようと考えていたのはいうまでもありません。そして、日本にも参加をもとめてきたのです。

幕府は早速、各藩に通知をしましたが、幕府崩壊を目前にした各藩はどこも藩内の政情が動揺していて、とてもそんなひまもなければ、お金もありません。その中で、薩摩藩と佐賀藩が参加を申し込みました。

佐賀藩では幕府から通知をうけると、すぐさま常民（そのころ、栄寿左衛門常民、通称を常民といっていた）をよび出して意見をもとめました。

常民は、

「これは、ぜひ参加して、世界の国々の文化がどんなに進んでいるかを知るべきです」

と、御側役の古川松根にこたえました。

「では、どういう人物を派遣すればよかろうか」

と古川がたずねます。

「商人の代表には野中古水どの。それに藩随一の語学者で、深い意見をお持ちの小出《こいで》千之助《せんのすけ》どの。それから大隈八太郎《おおくまはちたろう》君はいかがでしょうか」

常民のこの人選に、直正が、

「野中は最適だ。小出もよかろう。だが、大隈はいま日本の外には出したくない。近いうちにあいつを必要とする日がきっとやってくる。だから大隈は残しておくことにしよう」

と、いいました。

大隈八太郎とは後に政治家として総理大臣になったほか、教育家として東京専門学校(現早稲田大学)を創設した**大隈重信**のことです。大隈は常民より十六歳年下で、このとき二十八歳。直正の予想は適中しました。常民たちがパリに行っている間に日本は大きく変動し、大隈の活躍がはじまるのです。

さて、佐賀代表の商人といえば**野中古水**が第一の人物。しかし、古水は生れつき身体がきゃしゃで、病気がちです。

常民は、

「あなたが佐賀の商人を代表する方であるのは間違いないことだし、わたしもあなたにぜひフランスまで行ってほしい。しかし、あなたは病身なので、それが心配でなりません」

と、ほんとうに古水の身体が気になるのでした。

ところが、古水は、

「商人の代表としてえらばれて**世界大博覧会**に行くのは、この上ない名誉です。フランスという国は、仏《ほとけ》の国と書くではありませんか。もし私が病気でたおれたとしても、仏の国であれば極楽浄土も近いことでしょう。

それに親友のあなたが事務官長として行くというのでしょう。

——どんな仕事をするとしても、あなたは医者、私は薬屋。その心で世のため人のために働きましょう。

と、かたく手をにぎり合っている二人ではありませんか。そう誓《ちか》い合ったあなたに脈をとってもらうのであれば、極楽に行くことうけあいです。そんな心配はやめにして、さっそく準備にとりかかりましょう」

と、かえって常民をはげますのです。

佐賀から出品する物産として、石炭や海産物の煎海鼠《いりなまこ》、干あわび、こんぶ、それに有田焼やペルシャ絨毯《じゅうたん》と見まごうばかりに色鮮やかで美しい色鍋島などの陶磁器をえらびました。古水は、頭番頭《かしらばんとう》を一人つれていくことにしました。

こうして常民、小出千之助、野中古水、頭番頭の深川長右衛門は慶応三（一八六七）年三月八日、イギリス船フィーロン号で長崎を出航したのでした。

つぎに野中古水の手記から、かれらの船旅のもようを少しばかり抜書きしてみましょう。

三月八日。

夜亥刻《いのこく》（午後十時頃）乗船、人々船内までおくり来《く》。かぎりなければ人々はかえりぬ。こぎかえる小船の人々の手火《てび》（たいまつ）のかげ見えずなり行くほどいとわびし。四人の心一つになる。

笛の声、ひひとしきりに聞《きこ》ゆるは、やがて碇《いかり》をあげ、火輪《かりん》（むかしは、外輪船のことを火輪船とよんだ）を廻らすため、マタロス（マドロス）とかいうを呼ぶなるべし。甲板上、どろ〳〵とひびきて、足音あまたす。

子《ね》（午前0時）すぐるころ、火輪の音ひびきて、船自ら出で行く。宵の間は、よき天気《てけ》なりしが、丑《うし》（午前二時）すぐるころより、ようやく風はげしく空かきくもり、明け行くほどいよよ吹きつのりて、波にただよう。船の内なるもの、皆ごろ〳〵とまろび、人は皆、船の底にうつぶしたり。

三月十日。

風ややしずまり、雨ふり波なお高し。きょうなむソンタク（日曜）とかにて、おもの数（食膳）おおけれど見もせず。夕つかたに、頭もたげて、船窓より波の色を見る。

三月十四日。

てけ、いとよし。風もよき程吹く。暮より月明らけくして香港《ほんこん》島に船はつ（泊る）。

三月二十九日。

てけよし。温八十六度（華氏。摂氏では三十度）、昼九十度、甲板上百五度。

きょう十二時、サイコン（サイゴン）をいだす（出航す）。

灯明台（灯台）昼のごとし。

四月八日。

てけよし。朝八十六度、甲板上八十四度。船はなはだ動揺す。さか仏御あれ日（釈迦《しゃか》

の誕生日）なりければ、
前《さき》の世のちぎりをいかに懸けおきて
君がみあれの国にきつらん

四月二十六日。

曇、晴。温度八十六、甲板上八十四。

この船内に子供三人、家奴《かど》（下男）ようのもの付添うほかに親などなきようなりしが、小出氏尋問あられしに、姉なるもの九歳、妹八歳、弟六歳。父は医師にてスマトラに在《あり》、母はハレイス（パリ）に在留のよし。父のもとにありしが、このたび学問に行くよし。まずハレイスに三年、ロンドンに二年、アメリカに五年の順にて出立《いでたつ》よしなり。さて六歳の子、風波などのはげしきときは、父のこと恋しという。まことにかなし。きくよりさきにわれ涙とまらず。学問方のこころざし驚くべし。

スエズ出の蒸気船、きょう行き合うといい居たりしが、はじめて十一時行きあいたり。出帆の日限、定日ありと覚ゆる。

四月二十八日
昨夜半入港。今朝六時半、川蒸気船乗りかえ、スエズ上陸。

五月五日。

海上平穏なり。

三時マルセーユ入港。運上所（税関）まえに船平付《ひらつけ》にす。しばらくありて上陸、ホテルに着。コルト（フランス総領事）家族ら皆々船まで打ち向う。


五月六日。

きょうは日一《ひ》とひ休息す。イタリヤ国王、当港に宿をとる。馬車およそ十五あまり。


五月七日。

コルト宅あんないにつき、みやげ物など持ち四人とも行く。馳走なり。

同船いたしたる蘭人シキフ、アメリカ人チョルケ、フレンチ、柘植善吾《つげぜんご》（久留米藩士）、花房義質《はなぶさよしもと》（岡山藩士）どもは、今夜よりハレイスに発車につき、佐野氏一人、同道にてハレイスに行くべしと、にわかに仕度、夜七時頃発車す。

五月八日。
好天。
今朝より深川病《や》めり。

親友の死

五月九日の早朝。常民はパリの宿舎ルーブルホテルを出て、グランドホテルに宿泊している徳川昭武の一行に、挨拶に行きました。ここでフランス政府の博覧会係レセップに会い、それが終ると、さっそく博覧会場へ向かいました。

十万八千平方メートルという広大な楕円形の会場には、各国がすでにそれぞれの物産を出品していました。そこには世界中の山海に産する鳥獣や魚類、大砲などの武器、蒸気機、電機、書籍、織物、金銀珠玉の細工、楽器類が陳列されていて、それらは太古のものから最新の発明品までそろっていました。

常民は、

（一目で、世界の形勢がわかるというわけだ）

と、目をうばわれました。

「おや、これはアームストロング砲だ」

そう思って立ち止ってみると、そこはイギリスの展示場でした。アームストロング砲がはじめの丸い鉄材から最後に仕上げられて大砲になるまでの製造工程を順次に並べて陳列してあるのを見たとき、いろいろな思いが一ぺんにせまってきて、常民の胸はキュッとしめつけられるようでした。

（これで清国が、やられたのだ）

とアヘン戦争を思い、同時に秀島藤之助の狂気の白い顔が頭に浮かんできました。

フランスのガラス器、アメリカのずらりと並んだ書籍、各国の科学的にすぐれた、また珍奇な器械類があれやこれやと陳列されているなかに、ロシアの皮革類、木材、馬車の車体などを見たとき、常民は、「おや」と思いました。他の国々の製品とはちがって、あまり手のこんだ品々ではなかったからでした。

常民はそれらの一つ一つをゆっくり見たいと思いながらも、佐賀の売場へと急ぎました。

日本の会場には幕府の売場のほかに二軒の茶屋が店を張っていて、その一つ、佐賀は幕府の店のすぐ隣りでしたが、薩摩藩はずっと離れたところに売場がありました。

五月十日。

マルセーユから連絡があり、深川が八日から病気で寝込んでいるけれど、他は異状はない、積荷のこと、運上所のことなど整理して、十二日にはパリの宿に入る、ということでした。

常民は、

（それまでに、できるだけの準備をしておこうと、十日、十一日は、日本代表団の幕府方に足をはこんだり、薩摩藩岩下佐次右衛門《いわしたさじえもん》の訪問をうけたりしながら、はりきって仕事をしました。

幕府方に足をはこんだのは、自分勝手なことをしている薩摩藩に悩まされている日本代表団の書記官、幕臣田辺太一《たなべたいち》から、薩摩藩とおなじように、佐賀藩が、

――じぶん勝手にナポレオン三世に謁見を申しこんではいないか。

――フランス政府高官の人々へのメタル贈呈などを企画してはいないか。

との質問をうけたので、佐賀藩にはそういう計画はいっさいないことを了解してもらうためでした。

また、薩摩藩の博覧会特使、岩下の訪問は、

——薩摩も佐賀も、(それは長州だろうと土佐だろうと同じこと)すべて日本天皇の下での独立国だから、売場もそれにふさわしく、われわれ薩摩は、「日本、薩摩大守政府」という飾り付けをする。佐賀も、「日本、肥前大守政府」とすべきだ。

という申し入れのためでした。

五月十二日。

常民が博覧会場に行くと、拓殖と花房が待っていてくれました。「後日の参考に」と、協力してくれる手はずになっていたのでした。

常民は、

「陶磁器の大きな鉢や壺は、ここに。海産物はあそこがいいか」

などと出品の目録と照らし合わせながら花房らと相談をしたり、

(会場の飾り付けだが、「日の丸」と佐賀藩旗をくみあわせ、「肥前大守(佐賀藩)政府」と書いたしるしをかかげることにするか)

などと考えていると、フランス人領事コルトの使者が、慌《あわ》ただしくやってきて、

「たいへんなことが起こりました。すぐにホテルへお戻り下さい。野中さまが急病で、お倒れになりました」

と、いうのです。

追いかけるように藤山文一（常民の秘書）が、かけつけてきました。藤山は、マルセーユの運上所（いまの税関）での手続きなどのため、野中古水に付いていたのでした。

藤山は、

「古水さまが……、もう駄目です」

と、すでに泣き声です。

「そ、そんな、ばかな」

常民は、とび上るほど驚きました。古水とは、たった五日前に別れたばかりだったのですから……。

「よし、とにかく大急ぎでかえろう」

常民は博覧会場の人ごみをかきわけながら藤山から古水の病状を聞きただすと、

（マルセーユの宿での、激しい寒気とふるえ。

咳《せき》。

高熱。呼吸のときの胸のいたみ。

このとき、絶対安静にしていなくてはいけなかったのだ。それなのに、一時おさまったからと、古水どのがパリにやってきた。その際、無理やりにでもひきとめて

安静にしてもらうべきだった。その途中で、
咳がひどくなった。

胸が、さらに痛いと訴えた。

鉄さび色の血痰《けったん》が出た。）

という。これはあきらかに急性肺炎の症状だ。

常民は、馬車でホテルへの道をいそぎながら、

（それなら、病室の換気に注意して、室温を十五度から二十度に保ち……）

と、自分なりの処置を考え、襲いかかってくる悪い予感を懸命にうち消そうとしていました。

しかし、悲しいことに予感は適中していました。

常民は、ホテルの部屋に入ったとたん、思わず、

「あっ、これは」

と声をあげました。

しまった！と心の奥底で悲鳴にちかい叫びがありました。

それより早く、常民は古水のベッドにかけより、横にいた看護婦の手を払いのけて、古水の手首をにぎりました。脈を診《み》るためです。そして、左手に立っている医者をみました。

この間《かん》、時間でいえば一分か二分か、でした。

古水はベッドの柵に背をもたせて、よりかかるようにしていました。そのように応急の処置がとられていたのでした。

「これは」と常民が声をあげたのは、すでに急性肺炎に心臓の衰弱が加わっているとみたからですし、(しまった!)と心の奥底で悲鳴にちかい叫びがあったのは、その心臓衰弱が今ではもう取り返しのつかないところまできてしまっていると知ったからでした。

起座呼吸——

そうです。古水は、もはや呼吸困難で、そうやってよりかかって呼吸をつづけているのでした。

古水が、

(やっと来てくれたね)

といった眼差で、常民を見ます。

常民は、静かにうなずいてやりながら、古水の手首をにぎっていました。

トッ……トットッ……トッ
脈が、ひどく不規則です。

「古水どの」

常民は、そっと呼びかけました。

古水が、ガクンとうなずきます。

と、常民の肩をそっとたたく人がいます。看護婦でした。つぶらな青い瞳でした。その瞳が、

(静かにしてやってほしい)

と、訴えています。

そのとき、でした。

常民は、

「あっ、この速さ!」

と、息をのみました。

指先につたわる脈の速さ!

同時に、ひどい息切れ!

急に、フランス人医者の顔がけわしくなりました。小柄な看護婦が常民をおしのけ、古水の顔に左右の掌をあてて、自分の方にむけます。脱脂綿を巻きつけた大きな綿棒を口にこじいれ、のどの奥をふき、ひき出しました。

看護婦は医者に目くばせをし、右手の綿棒をしめします。

紅い、痰の色！でした。

看護婦のいまの処置は、これまでにもう幾度となく繰り返されている、医者としての最後の処置なのです。

常民は、そのことに、いまやっと気がついたのでした。

すがりつきたい気持で見やる常民に、フランス人の医者は、やさしくうなずきました。

それでも常民は、そのうなずきが何を意味するのか気づきませんでした。そうして、常民がはっきり、それと知ったのは……、うずくまるような恰好で古水の脈をとっていた看護婦がそっと身をひくようにして、青い瞳で常民を見たとき……でした。

そのとき、看護婦はしずかに十字を切りました。

それから後、常民はずいぶん長い間、古水の手首をにぎりしめていました。フランス人医者が遠慮がちに常民の肩をたたくまで……。

親友の亡骸《なきがら》を抱きながら、常民は途方にくれてしまいました。

日本から遠く遠くはなれたフランスの国で、

(古水どのの遺骸《いがい》を、どうすればいいだろう。日本人の「とむらい」を、フランスではどう扱ってくれるだろうか。もし、遺骸をこのパリに埋めるとして……)

と。

しかし、フランスの人々の思いやりのある、しかも、てきぱきとしたはからいで、パリ郊外、ヘーラセスの岡に亡骸を葬《ほうむ》ることになりました。

古水の柩《ひつぎ》は、車体の四つのかどに羽かざりを立てた黒ぬりの馬車にのせられました。

カッカッ　カッカッ
カッカッ　カッカッ
柩によりそう常民。それにフランス総領事コルトがつきそいます。ほかに、お供の馬車が三台。日本で領事をつとめているフランス人のチュウリーとカシオン。アメリカ人領事のフレンチとチョルケ。日本から同船してパリに来たオランダ人のシキフ。花房、拓殖。佐賀藩の小出、藤山、深川。

常民の悲しみをよそに、ヘーラセスの岡にはさわやかな風がかおり、辺《あた》りはいっぱいの光です。

古水の柩に、五月の花々がつぎつぎに投げ入れられます。常民の胸に古水との親しい日々の出来事が、つぎからつぎに浮かんできます。

古水の家で、うす紫のサフランの花をみせてもらったときのこと。

彼岸花がいちめん咲ききそう土手に沿って伊万里川を川上へ、御用窯へとのぼって行った日のこと。

「昔、ほとけさまがお説教をなさる時に、この真っ赤な花が天から降ってきたのだそうですよ」

行く手の空にそびえ立っている青貝山のてっぺんの岩々を見やりながら、

「私は花と名のつくものなら、なんでも好きなのです」

と古水はいいました。

その古水の柩の上に、白、赤、紫、それに黄色の花々が投げ入れられます。フランス、アメリカ、オランダ、そして故国日本の人たちの手で……。

(この花々は、あの……天から降ってきたのではなかろうか)

常民は、岡の上に大きく孤を描いている五月の蒼《あお》い空を仰ぎました。

　カッカッ　カッカッ
　カッカッ　カッカッ
帰りの馬車の中で、常民が、

「身なりも、習わしもちがう私たちに、こうまでしていただいて、本当にどうお礼をいってよろしいものか」

と恐縮《きょうしゅく》していると、

「いいえ、どんなに身なりや習わしがちがっていても、人間のいのちの尊さにかわりはありません」

コルト領事はそういって、しずかに十字を切りました。

「人間のいのちが、どんなに尊いものか。ですから、人間どうしは広く深く愛し合っていかなくてはなりません。**博愛のこころ**――あなたの親友にさしのべられたのが、それです。

日本は、いま新しい国づくりをしていますが、**文明開化**には博愛のこころがともなわなくてはなりません。右手で文明開化、左手で博愛、です」

「右手で、文明開化。左手で……。たしかにそうですね」

常民は、大きくうなずきました。

「しかし、博愛のこころだけでは、どうにもなりません。それを実践《じっせん》する組織が必要です。医者や看護婦がいつでも仕事ができるようにしなくてはなりません」

「博愛のこころの、団体ですか」

「そうです。それが**赤十字**なのです。サンノよ。ご存じないのですか。いま、世界中の国に、赤十字の団体ができているのを」

「赤十字……」

常民は、その言葉を一、二度聞いたおぼえがありました。

そうして、イギリスで、ナイチンゲールという女の人が団体を組織し、戦場に出て負傷兵の看護にあたったという話を、長崎でオランダ人の医者ボードウィンから聞いたことを思い出していました。

いま親友、野中古水の急死に対してさしのべられた博愛の手が、その「赤十字」だったのです。

赤十字のはじまり

ここで、「赤十字」の活動がヨーロッパでどのようにして始まったのか、お話ししておきましょう。

みなさんは、赤十字社をご存じですよね。戦争のときに赤十字の船を出して負傷者や難民を救助したり、看護婦さんたちが戦場に出て、敵味方の区別なく傷病兵の世話をしたりします。また、平時でも大地震だとか大暴風雨のときに、すぐさま救護班として出動し、被災地に薬品や食物、衣料品をとどけます。

そういえば、いつかテレビで、「日本人の漁師が船もろとも、ある外国で抑留《よくりゅう》されたので、目下《もっか》、日本赤十字社がその国の赤十字社に連絡をとって、日本の漁師や船が無事に日本に帰れるようにはたらきかけています」というニュース報道を目にし、耳にした、という人もいるでしょう。

そうなのです。たとえ、国と国とが交際をしていなくても、世界各国の赤十字社は互いに固く手をにぎり合っているのです。人種や宗教が違おうとも、そんなことにはいっさい関係なく、人類愛の精神で、ひろく世界の人々が慈《いつく》しみ合い、愛し合おうと手をとりあっています。

赤十字の赤い十字の印。これはスイスの国旗をもとにしてできました。

スイスの国旗は、赤地に白い十字です。これとは反対に、白地に赤い十字としたのが赤十字の社章で、もちろんこれは世界各国みな共通です。

なぜ、スイスの国旗をもとにして赤十字の印ができたのでしょうか。

これについては、まず**ソルフェリーノの戦い**とスイスの医者**アンリ=デュナン**についてお話をしなければなりません。

ソルフェリーノの戦いというのは、一八五九（安政六）年、北イタリアのガルダ湖南方の丘陵地《きゅうりょうち》ソルフェリーノで、ナポレオン三世のフランス軍がオーストリア軍を破った戦いです。

その年、日本では徳川幕府が神奈川、長崎、箱館(函館)を開港し、ロシア、フランス、イギリス、オランダ、アメリカと貿易をすることになりました。安政の大獄で、吉田松陰や橋本左内が処刑された年でもあります。

さて、そのソルフェリーノの戦野で、両軍あわせて四万数千にのぼる負傷兵が、折からの炎天下に、数日の間、一滴の水さえ飲むことができず、みじめな苦しみをなめました。

スイスの医者アンリ=デュナンはこれを聞いて、いてもたってもいられなくなりました。デュナンの生国《しょうごく》スイスが戦っているわけではありません。この戦争に何かの関係があるわけでもありません。しかし、デュナンは、人間が傷ついたままで、死んだままで、むごたらしく戦場にほったらかしにされているのを、ただだまって見すごしてはおれなかったのです。デュナンはみずから募集した一団の看護隊を率《ひき》い、各々に白衣をつけさせて、戦野で救護をおこなったのでした。もちろん、フランス兵であろうがオーストリア兵であろうが、区別はありません。敵か味方かなどの差別もありません。そこにあるのはただ、人類愛の精神だけ。ひとえに博愛のこころで活動したのでした。

こうして、じっさいに戦場で救護活動をやってみて、デュナンは、

「たとえ軍隊に所属する衛生隊が、前もってどんなに手落ちなく準備をしていたとしても、大きな戦争になったら、とうてい間に合うものではない。どうしたって、ソルフェリーノの二の舞になってしまう。だから、これには特別な団体を組織し救護をよりよく果せるようにしなくてはならない」

と考えました。そして『ソルフェリーノの思い出』という本を出版し、

「戦争のときには、敵味方の区別なく傷病兵を救おう」

と、世の中の人たちにむかって訴えたのです。次いでデュナンは、

「それぞれの国の博愛、慈善の団体が一つになって、大きな同盟をつくろう」

と世界の人たちにむかって呼びかけました。ヨーロッパ各国の帝王や皇妃、大臣たちがこの声に賛同し、こうして、ついに赤十字社という同盟が、世界中の国で発足するようになったのです。

ソルフェリーノの戦いの四年後、一八六三(文久三)年、スイスのジュネーブで、「赤十字国際委員会」が生まれました。

このとき、旗の印が「白地に赤十字」に決まったのです。

ところで、「それなら、あのナイチンゲールと赤十字との関係はいったい、どうなのか」、「そもそも赤十字のはじまりはナイチンゲールではなかったのか」という疑問もあ

るかと思います。

それにはまず、クリミヤ戦争とイギリスの婦人**フローレンス＝ナイチンゲール**についてお話ししておかなければなりません。

クリミヤ戦争が起こったのは、ソルフェリーノの戦いの六年前、一八五三（嘉永六）年のことです。

この年は、日本では浦賀にアメリカ艦隊を率いてペリーが、また、長崎にはロシア艦隊を率いてプチャーチンがやってきた年です。

このクリミヤ戦争は、前にも少しお話ししたように、はじめロシアがトルコと戦争を始めたのですが、フランスはイギリスとともにトルコを助けて、遠くクリミヤ半島にまで軍隊を出しました。そして、のちにはオーストリアとイタリアも連合軍に加わってロシアを攻め、ついにロシアが敗北したのです。

この戦争でイギリス軍がこうむった損害はたいへん大きく、多くの死傷者を出しました。おまけにコレラまで流行し、これによっても大勢《おおぜい》の死者が出ました。

イギリス軍の大損害の報《しら》せがつぎつぎにイギリス本国にもたらされ、また野戦病院の貧弱さ、救護の手薄さ、傷病兵のみじめな苦しみがつたえられます。イギリス本国の人々は、遠いクリミヤを思って気が気ではありません。

イギリス軍の病院には看護婦は一人もいませんでしたが、フランス軍ではカトリックの尼《あま》さんたちが活躍し、看護婦の仕事を果していました。

これを知ったイギリス本国の人々は「フランスの婦人のような人は、イギリスにはいないのか」と訴えました。

そのころは、いまとちがって看護婦という仕事は（カトリックの尼さんの場合は信仰の上でのことですから特別として）ふつうの女の人がするものではなく、いわば、落伍者の仕事だという目で見られていました。

しかし、ナイチンゲールは裕福《ゆうふく》な家庭に生まれ、高い教育もうけた人でしたが、幼少のころから博愛のこころをもっていて、すでに看護婦として働いていました。そして、クリミヤ戦争でのイギリス軍傷病兵たちの痛ましいようすを知り、とくに願い出て、三十八人の看護婦隊をひきつれて、イギリス野戦病院の看護婦として活動したのです。

ナイチンゲールの活躍はヨーロッパのあらゆる国々につたわり、これこそ戦場の天使と、たたえられました。

一八五六（安政三）年、イギリスに帰国したナイチンゲールを、イギリスの人々はこぞって心から歓迎し、ビクトリア女王は、十字架に「慈悲あるものは幸福なり」と記して、ナイチンゲールに贈りました。

ところで、ナイチンゲールの「みずから願い出て戦場におもむき、傷病兵の看護にあたるという慈善の行《おこな》い」に心をうたれた一人に、スイスの医者、アンリ＝デュナンがいたのです。この感動をデュナンは「無」にしませんでした。その思いをいよいよ強く、大きくふくらませていったのです。

こうして、デュナンはソルフェリーノの戦野での傷病兵の悲惨なありさまを知り、「クリミヤ戦争で活躍したナイチンゲールのように、博愛・慈善の行動を起こそう」と、たち上ったのです。

また、デュナンが世の人々に、「博愛、慈善の団体で同盟をつくろう」と呼びかけたとき、人々は、

「そうだ。ナイチンゲールがクリミヤで行なった慈しみ深い救護をするために……」

と賛同してくれたのでした。

このことは、のちにデュナン自身がはっきりと、こう語っています。

「みなさんは、私が赤十字の活動をはじめたように思っておられるようですが、この赤十字事業はほんとうは、イギリスの婦人フローレンス＝ナイチンゲールによって、はじめられたのです」

西南の役

明治十（一八七七）年二月。

九州の薩摩（鹿児島県）で、新政府の方針に反対する士族たちが、帰郷している陸軍大将**西郷隆盛**《さいごうたかもり》をおしたてて反乱を起こしました。**西南の役**（編者註、今では西南戦争とよばれることが多い）です。

西郷を中心とした総勢三万の薩軍は、暖かい南国地方では五十年振りといわれる大雪のなかを、三十センチあまり積もった雪を踏みしめながら鹿児島から熊本へと進軍し、熊本城の鎮台軍《ちんだいぐん》（政府軍）を一気に攻めつぶそうと、襲いかかりました。

いっぽう、熊本城の政府軍は必死になって城を守り、二日三晩にわたる薩軍の猛攻にも持ちこたえて、なかなか落城しません。

そのうちに、政府の征討軍がやってきました。その数は、海軍を加えて五万八千。両軍は熊本の山野で、はげしい戦いをつづけました。いちばんの激戦が、**田原坂**《たばるざか》の戦いでした。

田原坂は――福岡方面からきた道を南関《なんかん》、高瀬《たかせ》と南下し、そこから熊本へと東にすすむと、途中に小さな丘があります。その丘を縦にぬける坂道、それが田原坂です。

丘のふもとと田原坂頂上との標高差は八十メートル。ふもとから頂上までの距離は二キロ。道幅は三メートルから四メートルで、当時としてはかなりの広さです。この道がしだいになだらかな坂道になって、左右には石垣で階段状に築かれた水田が広がり、やがて切り通しの坂道となります。坂道はいくどか緩やかに曲り、また上ったり下がったりをくり返しながら、だんだん急になっていきます。この切通しの凹道と上り下りは、加藤清正が熊本城を築くときに戦術上の考えがあって、わざとこのように作ったものだといわれています。

薩軍は、政府軍が必ずこの坂を越えると予測して、軍の主力をここに集めました。

三月のはじめ、政府軍の兵力はまだ薩軍の半分にも達していませんでした。頼みとする大砲を運びながらすすむことのできる道はここより他にありません。他の山道も、谷ぞいの道も、道幅が狭かったり、傾斜がきつかったり、あるいは砲車がぬかるみにはまって身動きがとれなくなるあぜみちだったりするのです。ですから、薩軍がすでに田原坂に要塞のような陣を敷《し》いていると知りながら、政府軍はこの道を通るよりほかはありませんでした。

薩軍は堅固な砦《とりで》を築き、切通しの両側の崖に横穴を掘って土俵を積み上げ、政府軍を待ちかまえています。

三月三日、高瀬から進撃してきた政府軍は終日の激戦の末、田原坂をのぞむ村まで達し、夜をむかえました。翌四日早朝、雨中をすすんだ政府軍は田原坂に入ったところで、進むことも退くこともできなくなってしまいました。頭上の砦から、銃弾が右に左に、雨あられのように撃ちこまれてきたからです。

政府軍の別働隊が、薩軍の守備が手薄な右手の崖をよじのぼっていきます。やっと、樹林にとりすがって中腹まで進むと、ピーッとするどい笛です。するとそれを合図にピーッ、ピーッと諸方から笛の音がおこり、いっせいに銃弾がとんできます。薩軍は、まったく神出鬼没でした。

賊つねに険要に拠って固守し……出没神速あえて形跡をあらわさず。

笛をもって進み笛をもって退くという。

笛は指をまげて口にあてて吹くなり。

これは、のちに総理大臣となり、昭和七（一九三二）年、**五・一五事件**で青年将校に倒された**犬養毅**《いぬかいつよし》が書いた「傷病者に戦況を聞く」という記事です。

犬養はそのとき二十三歳。「郵便報知」の従軍記者として、無事に使命を果したら、以後、慶応義塾を卒業するまで毎月、学資十円を新聞社から出してもらうという約束で、九州に派遣されていました。

この犬養の「戦地直報」に、

三月二十日まで高瀬口において、官兵の死傷せる数を聞くに、士官以上の即死〇人、死亡〇人、傷者〇〇〇人。下士の即死〇人、死亡〇〇人、傷者〇〇〇〇人。兵卒の即死〇人、死亡〇〇〇〇〇人、傷者〇〇〇〇〇人。警部、巡査の死亡〇人、………合せて〇〇〇〇〇〇人なりと。これは高瀬村のみの調べにて……。

とあり、つづいて、

先日報道せし書中に官兵死傷の表をかかげ、戦死のすくなきは病院の手にかかりしもののみならんとの疑を記せしが、はたして予の考うる如く、すでに木の葉《こは》（田原坂北方の村）の埋葬地に埋めたる死骸も〇〇余なり、と。この他、高瀬、南関の葬地へも幾多の死骸を埋めしならん。ゆえに山鹿《やまが》口、八代《やつしろ》口等の戦没を算入せば、幾百千におよびしや、いまだ詳報を得ず。

と、あります。

数字がみな○○と伏せてあるのは、すでに明治八年に新聞紙条例が制定され、検閲がはじめられていたからです。（この伏字○○については、さきの太平洋戦争のときの新聞を知っている方なら、誰もがよくご存じのことでしょう。）
○○では、はっきりとした数値こそ不明ですが、○で示される桁数をみれば、犬養の記事からも、田原坂の戦いがいかに激しいものであったかわかります。
政府軍は田原坂を攻めとるまでに十七日の日数を要し、三千人の戦死者を出しました。一局地の戦闘ですら、このありさまです。日がたつにつれ、戦局が拡がるにつれ、死傷者は増えるいっぽうです。

政府軍は、前線に近い寺院や農家に負傷者を救護しました。ところが医者の数は足りないし、負傷者も収容する組織も充分ではありません。何しろ負傷者があまりに多すぎるのですから。

薩軍の方では、その組織はさらに手薄でした。

さて、政府軍の征討第一旅団会計部長、二等司契《しけい》川口武定《かわぐちたけさだ》が命をうけて、南関に入ったのは二月二十六日のことでした。

二等司契とは、少佐相当の会計官で、当時は弾薬糧食の世話、死傷者の輸送は会計部の仕事でした。

この西南の役では、医官、看病人の戦地派遣は二月十九日からはじまり、医官たちが戦線に到着したのはようやく二月二十五日になってからのこと。もちろん、それまで負傷者は次々に出ていますが、大小の繃帯《ほうたい》所（前線の仮収容所）があるわけではなく、その時々で適当な方法で治療して後方に送っていたわけです。

川口は二月二十六日に南関に入り、すぐさま炊事場と繃帯所を巡視しました。南関の繃帯所は村はずれの寺に設けられていましたが、患者百三十余名が本堂、位牌堂、玄関、庫裡《くり》（台所）、鐘楼堂にいたるまで溢《あふ》れ、重傷でうめく声が生臭い血のにおいと交じり合って、それは悲惨なありさまです。

二月二十六日午後一時、川口は、「高瀬に会計本部を移せ」という命令をうけて、人力車にのって南関を進発しました。そして高瀬にむかって一キロも行かないところで、あっ！と思わずのけぞってしまいました。

川口が乗っている人力車とすれちがいに、戦友の肩にすがり、身体をひきずりながら負傷兵が南関のほうへと下っていきます。もっこにかつがれた負傷兵がやってきたかと思うと、それらの負傷兵にまじって、戦死者の「荷」が通るのです。

軍夫たちは、戦死者の両手両足を荒縄でくくり、その間に青竹を差し込んで、荷《にな》って運んでいます。

(これではまるで、猟師がしとめた鹿や猪を運ぶのといっしょだ)

川口は車上で、からだ中に鳥肌がたちました。

その「荷」が、二つ、三つと次つぎに車のわきを通りすぎていきました。

もう一つ、鳥肌のたつ思いになったことがあります。それは――、会計部を木の葉にすすめてからのことでした。川口は傷者輸送の状況を見とどけながら、いらだたしくなってきました。

軽い負傷者は肩をかしたり、背負ったりして連れてきます。重い負傷者は、戸板にのせて四人の軍夫で運んできます。

ところが、負傷者を繃帯所まで運び終えると、軍夫らはいっせいに、ぱっと逃げてしまいます。

もう一度、「行って来い」と命じられるのが怖いからです。

最前線では、戦いが終ったとみえても、いつ、どこから弾丸がとんでくるかわかりません。どこかに敵兵がひそんでいるかも知れません。

（そんな危いところに、何度も行けるものか。今日の給金は、もうもらった。だから、今日の仕事はこれで終りだ）

と、いうわけです。

この軍夫の気持も川口にはよくわかります。そうはいっても、川口にすれば、なんとかして負傷者を後方に収容したい。そこで、

——軍夫には、赤布《あかぬの》をかぶせて目印とする。

——軍夫が負傷者を一人はこんできたら、切符を一枚わたす。

——その日の日給のほかに、切符一枚につき、十銭あて、とくべつに支給する。

と、決めました。

すると、どうでしょう。それまでは、しぶしぶ応募し、負傷者を一回はこんで、その日の給金をもらうと逃げるように帰ってしまっていた村民たちが、こんどは喜んで軍夫に志願し、時おり流れ弾がとんでくるところまで進んで、負傷者を運んでくるのです。

前線の兵士たちも、

「ああ、あそこに赤布がいる。よし、おれの肩につかまれ。あの赤布が目標だ」

と、傷ついた戦友に肩をかしたり、戦友を背負ったりして運んでくれました。

川口が考案した「赤布」は大成功でした。しかし、川口は軍夫たちに切符を配りなが

ら、自分の計画の成功を喜ぶより、（わずか十銭の金が、こうも手のひらをかえしたように、軍夫たちを生命の危険をおかしてまで弾丸のとび交《か》う下へと走らせる――）

それが、いまいましくてなりませんでした。

ところが、その数日後のことです。最前線に出た軍夫たちが、なかなか戻ってきません。重傷の兵たちをほったらかしにしたまま、

――これは、おれの分だ。

――いや、わしが先に見つけた重傷者だ。

と、軍夫たちが入りみだれて大げんかをはじめ、とっくみ合いをやっていたのでした。

（何とかして、一人でも多くの負傷者を収容したい、その一心ではじめた切符の発行だったが、こんなありさまでは、このまま続けるわけにはいかない。もう切符の発行はやめにしよう）

川口は、そう決心しました。

傷ついた前線の兵士たちにも、この赤布を目標にさせたくはありません。こんな汚れた赤布ではなく、もっと清らな、人類愛の名にふさわしい目印の下に、傷ついた人たちを救助したい。しかし川口には、ほかに負傷者を後方に輸送するうまい手立てが思い浮かびませんでした。

と、そのときです。

「いいか、必ずとどめを刺せよ。重傷だと見えても、そのままにしておくな。そいつが、むっくり起き上がって斬りつけるやも知れぬ。完全に死んでいると思っても、もう一度、しっかり突き刺しておけ！」

そう念を押す兵士たちの声が、川口の耳に入ってきたのです。

川口は、唇をひきつらせながら、

「戦場が、このように人間を鬼にしてしまうのだ」

と、つぶやきました。

そうして川口は、「もう一度、突き刺しておけ！」と念を押す兵士の声を、ただそのまま聞きながしているおのれ自身に、「鬼」の姿を見るのでした。

博愛社をつくろう

ところで、戦場の悲惨《ひさん》なありさまは、どこまで一般の人々に知らされていたでしょうか。また、○○と伏せられた記事から一般大衆はどの程度の内容をおしはかりえたでしょうか。しかし、たとえ○○という伏字だらけの報道であっても、「戦場が人間を鬼にする」その真実は、なにかの形で、世の人々に伝わって行きました。

とくに、政府首脳には戦傷兵たちのいたましい様子が、当初から知らされていました。

政府首脳の人たちは、

「救護が早ければ当然助かったものを、それが遅れたために死んでしまうとは……」

「戦場近くの収容所はいうまでもなく、長崎の病院や、また、その長崎から船で大坂の病院へも運ぶのだが、なにぶん、負傷者が多すぎてとても間《ま》にあわないのだ」

「なんとかならないものか」

と、頭を痛めていました。

右大臣の**岩倉具視《いわくらともみ》**は、

「ヨーロッパには、貴族たちが組織する救護の団体があると聞いている。急ぎ、調べよ」

と、部下に命じました。

岩倉のいうこの「貴族が組織する救護団体」こそ、デュナンの呼びかけでできた「赤十字」のことだったのです。

では、このころ、佐野常民はどうしていたでしょうか。

慶応三（一八六七）年五月から、この明治十（一八七七）年までの常民の活動について、あらましを述べておきましょう。

あのとき、親友の死にさしのばされた博愛の手からうけた常民の感動は、その後、常民と直接関係のある人たちが、悲しく、また痛ましくその生命を落としていくたびに、常民の胸の中で大きく、強くふくらんでいきました。

明治二（一八六九）年九月四日。

兵部大輔《ひょうぶたいふ》、大村益次郎（村田蔵六）が京都の宿で暴漢に襲われて重傷を負い、ついに生命を落としました。

大村は日本の兵制をヨーロッパにならって「国民の兵」にする方針で、その制度を着々と実行に移していましたので、かねがねこれに不満をいだく士族たちから、生命をつけねらわれていたのでした。

明治四（一八七一）年一月十八日。

鍋島直正が亡《な》くなりました。そのとむらいをすべて取りしきった後、御側役古川松根は短刀で喉《のど》を突いて殉死《じゅんし》しました。

知らせをうけて常民がかけつけたとき、古川は新しい屏風に囲まれていました。前年十二月に、この二枚屏風が仕上げられたとき、絵筆も和歌も達人であった古川が、「絵や模様が画いてあるよりは、白紙のままがいいな」と語ったということでした。

「そのナゾが、これだったのだ」

と遺骸に合掌しながら、皆がはなしをしていました。

その後、常民は、

「殉死をするなら、古川どのより佐野の方が先のはずだ。佐野は、あんなに殿様にかわいがられていながら……」

というかげ口をたびたび耳にしました。

明治七（一八七四）年。

常民はウィーンの世界大博覧会に、博覧会副総裁として出席し、この博覧会に出品した「日本沿海燈台配置図」に対して名誉賞状が授与されました。それは、常民が初代の燈台頭《とうだいのかみ》として、日本沿海の難所に灯台を設置したその成果をたたえたものでした。

また、イタリア、オーストリアの弁理公使をつとめていた常民は、慶応三年以後のヨーロッパで赤十字事業が着々と発展している事情を、くわしく調べて帰国しましたが、その間に知らされたのは故郷佐賀の士族たちが起こした**佐賀の乱**でした。

そして、帰国早々に知ったのは、佐賀の乱の中心人物で、司法卿をつとめた**江藤新平**《えとうしんぺい》が刑をうけ、その「梟首《きょうしゅ》（さらし首）」が写真にされ、錦絵にされて、街のあちこちで売り出されていた――ということでした。

こともあろうに、内務省が各々の本庁はもちろん、全国の役所に至るまでわざわざこの「梟首」の写真を配布し、掲示を命じていた――ことでした。

明治八（一八七五）年。

常民は、七月に設立された元老院の議官になりました。

明治十（一八七七）年。

この夏、八月に、日本ではじめて開かれる内国博覧会の副総裁として、その準備のために忙しい日々をおくっていました。

こうしているうちに、**西南の役**が勃発《ぼっぱつ》したのでした。

常民は、戦地の救護状況の不備と戦傷兵たちの痛ましい様子をきいて、

「ヨーロッパと同じように、負傷した人たちを救うための組織を作らなくてはならない」

と、考えているとき、大きなニュースが伝えられました。

三月二十一日。

関西地方を御視察中の明治天皇は、大坂の鎮台病院に行幸《ぎょうこう》になり、入院中の兵士たちをお見舞になりました。病院には熊本から輸送されてきた千五百余名の負傷者がいました。

若い天皇は、血の匂いと薬品の匂いとが入り交じったベッドの間をおまわりになり、一人一人に会釈をたまわりました。

この中には後の元帥で総理大臣もつとめた寺内正毅《てらうちまさたけ》もいました。かれは田原坂の戦いで負傷した右腕、頭部に痛々しく繃帯をまき、ベッドの上にようやく上半身を起こして低頭したのでした。この日、皇太后、皇后は手製の繃帯を負傷者にたまわりました。

この報道に国民の誰もが感動しました。常民もその一人でした。

常民は、

「いまこそ！」

と決心しました。

ところで、やはり元老院の議官で、常民と同様の考えを抱いている人がいました。

大給恒《おぎゅうわたる》という、もと三河国（愛知県）、一万六千石の殿様で、その後、竜岡《たつおか》（長野県佐久郡の一部）藩知事となり、明治九（一八七六）年から、賞勲局副長官をつとめている人でした。

このことは、常民をたいへん勇気づけてくれました。

常民は、

「わたしはたった一人であろうと駈けまわって説得し、一人でも多くの仲間をつくるつもりでしたが、はじめからわたしと同じ志をお持ちのあなたがいて下さるとは、なんとうれしいことでしょう」

と、大給恒の手を固くにぎりしめました。

大給は、

「いま私の手許《てもと》に、華族会館を建てるために集めた数十万円の資金があります。この金を一時借りて、これで救護の団体をつくろうではありませんか」

と、提案します。

常民は、

「それは、いけません。まさか、あなたがそんなことを言い出すなんて……」

と、驚いてしまいました。

賞勲局という役所は、それぞれの適格者に位階《くらい》や勲章を授ける役なのですが、大給は、職務をまっとうするために、なるべく人との付き合いを避け、宮中の行事である祝祭にも、観桜や観菊の御宴にもいっさい欠席するという謹厳な人だったからでした。

常民は、

「それに、そのお金は華族会館を建てるために集めたものではありませんか。私たちが創《つく》ろうと考えている団体が、戦さに傷つきたおれた人たちを救い助けるという、たいへん尊い仕事であっても、違う目的のために集めたお金をたとえ一時であれ借りるわけにはまいりません。人々の誤解を招きます」

と、たしなめました。

大給は、

「しかし、こうして二人が話し込んでいる間も、熊本地方では負傷者が野や山にほったらかされたままになっているのですよ。救護の団体が、いますぐに必要なのです。その資金はいったいどうするのですか」

と問い返すのです。

「資金は、わたしが集めます」

「集める、といっても……」

「いや、わたしが、集めてみせます」

常民は、きっぱりと言いました。

大給は、

「よく、わかりました。それでは私も佐野君といっしょに、たった今から仲間作りにがんばることにしましょう」

と常民の手を固くにぎり返すのでした。


こうして二人の活動が、はじまりました。

常民は、

「この救護団体を、博愛社と名付けましょう。名は体をあらわすといいますからね。『博愛』以外には、名前のつけようがありませんよ。

それに、敵とか味方とかの区別は、いっさいしない。負傷した者は誰であろうと、みな救う。これが、いちばん大事な規則です」

と、力を込めていいました。

博愛社の目印となる社章は、「日の丸」の下に「一」の字を入れることにしました。

大給が、

「規則も社章も、これできまった」

はずんだ声でそういうと、常民も、

「さあ、仲間をつくらなくては……」

と明るい顔でこたえました。

ところが、すぐに大きな難関が待ちかまえていました。

「なに、官軍だけではなく、賊軍も救うというのか」

「そんな馬鹿なことは許されん」

こう、大反対したのは、二人が一番に頼りにしていた大給の親類たちでした。

「しかし、賊軍だといっても、同じ人間ではありませんか。それに、負傷をしては、敵も味方もないではありませんか」

二人は、口をすっぱくして説明してまわりました。しかし、誰もなかなか承知してくれません。

「こんなに反対されては、どうにもなりません。ここは一つ、まず（味方だけを救ける）ということで許可をうけ、その上で（敵の負傷者も救けないわけにはいかなかったから、やむをえずそうしたのだ）と、言い訳をすることにしては……」

親類の一人が意見を出しました。

しかし、常民は、

「それはいけません。それでは初めから『博愛のこころ』とはいえない。一番大事な根本《こんぽん》がちがいます」

と、強く首をふりました。

「でも、とりあえずそういうことにして……」

「だめです。その『とりあえず』という気持が、いっさいの物事をうやむやにしてしまうのです。あげく、なんでもかんでも『とりあえず』で終ってしまうことになるのです」

「そうはいっても、ここまで『敵味方の区別なく』という条項にこだわっていたのでは、いつになったら博愛社の創立が許可になるのかわかりませんよ」

常民を応援している人々は、口々にそういいます。

ふつうなら、ここで、

「それでは、まず、そういうことで許可をうけるとするか」

というはなしになるのですが、常民は、ちがいます。

「いいえ、それは駄目です。わたしが、『敵味方の区別なく』という規則で、すぐに許可をうけてみせます」

こう、言いきる人間でした。そして、それを必ず実現させる男でした。はじかれても

はじかれても、やると決めたらあとには退《ひ》かない、目的に向かってくらいついていく男でした。

大給の親類たちは、根まけしてしまいました。

「できることなら、それがよろしいのだ、それに、佐野くんならきっとやりとげてくれそうだ。よし、私たちも一生懸命に応援することにしよう」

こうして、大給の親類たちはみな賛成にまわりました。

四月六日。

常民は、政府に博愛社設立の請願書を差し出しました。

右大臣の岩倉具視は、興味深いようすでその請願書に目を走らせました。

「なるほど、これは私が調べさせたヨーロッパの貴族会社と同じ仕組みだ。博愛社か。名前も、なかなか、いいではないか」

うむ、うむとうなずきながら読みすすめているうちに、岩倉の顔色がさっとかわりました。

「これは、いかん。賊兵まで救うとは何ごとだ。政府の命令に背《そむ》いた賊兵を救うなどと……、それは、政府の命令に背くのと同じことだ」

岩倉は、どなりました。岩倉に仕える役人たちも、みな同じ意見でした。

「政府の方々にはどうもわたしたちの願いを、お聞きとどけになってはいただけないようですね」

常民は、大給にいいました。

「では、どうしますか」

「さて……」

二人が考えこんでいるとき、政府から常民に、

(九州各県の士族たちの動静を調べよ)

という内々の命令が下りました。

常民は佐賀出身ですから、九州の事情にはくわしいし、年齢も五十五歳で、佐賀出身の政府高官の中では一番の年嵩《としかさ》でした。少々、くどいところがありますが、まじめな性格の常民が、この役に選ばれたのはもっともなことです。

この命令をうけて、常民は大給に、自身が抱《いだ》いている大きな秘密を打ち明けました。

「えっ!」

打ち明けられた大給はあまりの驚きに、のけぞりました。

「熊本で、征討軍総督の有栖川宮《ありすがわのみや》に直接、請願書を差し出すというのですか。直訴《じきそ》しようというのですか」

大給の顔色は、真っ青です。

「そうです」

小声ですが、常民は力強くうなずきました。

大給の顔に、少しずつ血の色がもどってきます。

(それよりほかに方法はあるまい。聡明な宮様だ。きっとわたしたちの願いを聞きとどけて下さるにちがいない)

「たのみます」

大給はそう言って、しっかりと常民の手をにぎりました。

明治十年五月一日

常民は、戦火で荒れはてた熊本に着きました。征討軍の本営は、熊本城におかれていました。

常民は、

（兄が教えてくれた「生命《いのち》をかける覚悟で、ぶつからねばならぬ大事」、それが今なのだ。誰が何といおうとも宮様にお会いして、わたしのこの大願を聞きとどけてもらわねば……）

と必死の思いです。

まず、司令官の山県有朋《やまがたありとも》と高級参謀の小沢武雄《おざわたけお》に面会して、

「わたしが博愛社を創ろうというのは……」

と懸命に説きました。

「みなさまは、『官軍なら救《たす》けてよろしい。だが、賊兵を救けるというのであれば、博愛社の設立はみとめぬ』とおっしゃる。

しかし、戦野にさらされている負傷兵に、官軍とか賊兵とかの区別があるのでしょうか。賊兵といっても、おなじ人間ではありませんか。

もし区別があるとすれば、戸板やもっこにのせて運ばねばならないほどの重い負傷者か、肩をかしてやれば歩ける負傷者かという相違だけではないでしょうか」

さらにつづけようとする常民を、

「いやいや、戦場の傷ましさは、第一線にいる私たちがいちばんよく知っています」

と山県が、静かにとどめました。

常民は、

「それなら、博愛社設立の請願書をここに持ってきておりますので、ぜひ……」

（ぜひ、宮様に面会をさせて下さい）と、言おうとしたとき、山県は右手をあげて、

「ちょっと、お待ち下さい。じつは佐野議官のご意見を直接、総督宮《そうとくのみや》にお聞きしていただいたほうが、われわれの願望も早く達成されるのではないかと考えましたので」

といって、小沢参謀を見やるのです。

「えっ！」

と常民は息をのみました。

小沢は小沢で、

「はい、その予定を組んでおきました。議官のお考えどおり進めていただきたいと思います。すぐに、請願書を総督宮に差し出してはいかがでしょうか」

そういいながら、山県のほうに顔をむけました。

「うむ」

山県が、力強くこたえました。

山県と小沢が、手ぎわよく常民の請願書、博愛社の社則をとりついでくれました。

まもなく、常民は総督宮の前に出ました。

総督宮は山県と小沢の説明を聞き、常民の請願書をゆっくりと読みはじめました。

このたび、鹿児島県暴徒御征討の儀はじつに容易ならざる事件にて、開戦以来すでに四旬をすぎ、攻撃日夜を分かたず。官兵の死傷すこぶる多大なるおもむき、戦地の形勢ちくじ伝聞いたし候ところ、悲惨の状まことに傍観するにしのびざる次第に候。……ついては私共この際にのぞみ……、不才をかえりみず、一社を結びて博愛と名づけ、ひろく天下に告げて有志者の協賛を乞い、社員を戦地に差し出し、海陸軍医長官の指揮を奉じて官兵の傷者を救済いたしたき志願にこれあり候。かつまた、暴徒の死傷は官兵に倍するのみならず救護の方法も、あい整わざるは言をまたず、往々、傷者を山野に置き雨露にさらして収むるあたわざるやの由、この輩のごとき、大義をあやまり、王師に敵すといえども、また、皇国の人民たり、皇家の赤子たり。負傷坐して死を待つものも捨ててかえりみざるは人情のしのびざるところにつき、これまた収容、救治いたしたく、……。

欧米文明の国は、戦争ある毎に自国人はもちろん、他国よりも、あるいは金を出し合い、あるいは物をおくり、もしくは人を差し出し、かれこれの別なく救済をなすこと甚だつとむる慣習にて、その例は枚挙にいとまあらず候。
本件の儀は一日の遅速も、幾多の人命に干《かん》し、即決急施を要し候につき、何とぞ丹誠の微意ご明察、至急ご指令くだされたく、よって別紙、社則一通あい添え、この段ねがい奉り候なり。

議官　佐野常民
議官　大給　恒

常民は、
(東京で、大給と誓いあった最後の望みが、いま果されるか)
と、かたずをのみます。

博愛社社則

第一條　本社の目的は戦場の創者を救うにあり。いっさいの戦事は、かつてこれに関せず。
第二條　本社の資本金は、社員の出金と有志者の寄付金とよりなる。
第三條　本社使用するところの医員、看病人等は、衣上にとくべつの標章を着し、もって遠方より識別するに便す。
第四條　敵人といえども救いうべきものはこれを収むべし。
第五條　官府の法則に謹遵するはもちろん進退ともに陸海軍医長官の指揮を奉ずべし。

常民は、総督宮が請願書につづいて社則と、その一行一行を上から下へ、また上から下へと読みすすめるさまに目をこらしながら、

(兄上！　いま、わたしの大願が……。

野中どの！　あなたに愛の手をのばしてくれた赤十字を、いま、日本につくろうとしているのです。その瀬戸際です。

古川松根さま！　わたしはあなたの遺骸に手を合せながら、「わたしは殉死はいたしま

せん」と申しました。ですが、この博愛社のためなら喜んで殉死いたしましょう）と心の中でとなえているうちに、両の手のひらが固く組みあわされていました。

総督宮が、読み終えました。

（さあ！）

常民は、身がまえました。

総督宮が顔をあげて、常民を見ました。

常民は呼吸《いき》をとめて、じっと総督宮を見つめました。それはほんのしばらくのことだったのですが、常民には随分長い時間に感じられました。

総督宮は、ゆっくりと、力強く、

「願いの旨、よくわかった。たしかに、そのとおりだ。政府には当方から連絡しておく。きみは軍団医部長と打ち合わせをして、すぐに実行に移しなさい」

と告げ、常民にかるく会釈をしました。

そのとたんに、常民はおのれの頭上に大きな光りの塊《かたまり》が、一気に落ちかかってくる、そんな思いにうたれました。

（ああ、清水観音の滝だ！）

こう心でつぶやいた瞬間、眼前の総督宮のお姿がしだいにうるんでいきました。

山県も小沢も、同じようにうるんで見えます。そして、ボーンと時を告げた八角時計も、ぼんやりとかすんでしまいました。

こうして博愛社が産声《うぶごえ》をあげたのは、明治十年五月一日のことでした。日本赤十字社が五月一日を創立記念日としているのは、こういうわけがあったのです。

平時に活躍する赤十字社

「鹿児島も、鎮《しず》まったことだし、もう博愛社はいらぬのではないか」

「もはや、内乱がおこる心配はない。博愛社は一度、解散して、必要なときに、また集まればよかろう」

西南の役が終ると、こんな声が多くなりました。

「それは違います。博愛のこころが求められるのは、戦争の時ばかりではありません。いつでも、どこでも、人間が住んでいる社会には、ぜひともなくてはならないもの、それが博愛のこころなのです」

常民は、一生懸命に説明してまわりました。

ようやく、博愛社はそのままつづけていけることになりました。

「しかし、社員がわずか三十八人、ではねえ……」

常民や大給を応援してくれる人たちも、博愛社の運動に賛成してくれる社員がいっこうに増えないので、途方にくれました。

「日本が世界の国々と肩を並べられる文明国になるためには、この博愛のこころがぜひとも必要なのです。そう、右手で文明開化、左手で博愛――なのです」

常民は、人の顔さえみれば、博愛社への加入を勧めました。しるべをたより、縁故を見つけて説得に出かけました。

勧められるほうも、一度や二度は何とか理由をつけて断ります。

三度、四度となると、腹をたてた様子で追いかえします。

ところが、五度目、六度目になるともう、どうにも根負けしてしまうのです。

(これは、佐野君が自分の利益のためにしているわけではない。それに、佐野君のいう、『右手で文明開化、左手で博愛』は、たしかにそのとおりなのだ)

そういって、社員になった人もいれば、

「私は佐野君の七度目の訪問で、とうとう音《ね》をあげてしまったよ」

と、笑い出す人もいました。

こうして、博愛社が日本赤十字社と名前をあらため、国際委員会の公認をうけたのは、明治二十年のことです。


明治二十一（一八八八）年七月十五日。

福島県の磐梯山《ばんだいさん》が大噴火しました。

この日、奥羽地方は朝から晴れわたっていましたが、午前七時三十分、大砲がひびくようなすさまじい音がして地軸をゆるがし、同時に地震がはじまりました。と、小磐梯山から水煙がうずまきながら空に突き上げました。

そのとき、千にもおよぶ雷が一度にひびきわたるような大音響とともに、噴火口が破裂しました。

水煙は、さらに太く、高くなります。その水煙が、大磐梯山を越えたとき、黒煙がいっせいに横にひろがりました。

山も空も、黒々とぬりつぶされ、ふもとの村々には、火山灰や焼けた石ころが、雨のようにふりかかりました。

このため、磐梯山の東から西に一一・七キロにわたって一面が火山灰をかぶり、溶岩と灰で草木はすっかり見えなくなってしまいました。

ふもとの秋山村では、一村が残らず灰に埋まり、生き残ったものは一人もいないというありさまです。

川上温泉場では、泊り客の五、六十人が影も形もなく失《う》せ、ただ温泉宿の藁屋根だけが、灰の中にうずくまって見えました。

村役場では、負傷者をすぐさま、小学校の校庭などに運び込みたいのですが、まだ、磐梯山は地中深くにくぐもるような地ひびきをたて、空にうなっています。村人たちは、負傷者を救け出すより、逃げ出すのに精一杯です。

磐梯山の噴火を知った日本赤十字社は、ただちに救護のため、医者たちに医薬品や医療材料を持たせ、また社長の佐野常民をはじめ、職員一同が救護の費用にと出し合った金を持たせて、若松（福島県）に向かわせました。

若松についた日本赤十字社の救護員や医者たちは、ふもとの村の農家に負傷者を収容し、治療をはじめました。

その農家も、やっとのことで藁屋根や柱が残ってはいるけれども、戸や障子は破れはてています。

いまにも崩れそうな藁屋根に立っている赤十字の旗を、

「これは、なんの旗だろう」

と眺めながら、負傷者がはこばれてきます。

いや、重い負傷者を戸板ではこぶ人たちも、赤十字の腕章をつけた救護員たちを、

「わざわざ東京からかけつけてくれた治療の上手な先生」

と思っている程度で、日本赤十字社のことはよく知りません。

その三日後《あと》。

常民は、災害をうけた人たちのための衣料や、日本赤十字社にあずけられた義捐金を持って、若松に着きました。

（じっさいに、救護の状況をこの眼で確かめなければ……）

常民は、すぐに仮設病院へいそぎました。

道ばたは、つぶれた家や灰に埋まった家ばかりです。

「まだまだ、死体を掘り出さねばなりませんが……」

案内をする福島県庁の係官が、ふと立ち止まりました。

くずれた馬小屋からひき出された馬の死体が長々と夏の日にさらされています。

見渡すかぎり、火山灰と焼石の広野です。

その広野を、何気なく見渡していた常民は、

「あっ、こんなに清らかな川が……」

と、声をあげました。

焼けただれ、灰かぐらをかぶった一面の野の中に、小さな川が、勢いよく流れていました。

「さあ、着きました」

仮設病院の藁屋根のひさしに、小さな赤十字の旗がはためいています。

その旗を見上げながら、係官は、

「村役場の職員が、赤十字というのは戦争のときだけ活動するものとばかりと考えていまして、あの旗のいわれについて説明するのに一苦労しました。いや、いや、そうとばかりはいえません。私じしん、赤十字社が平時に出動するとは知りませんでしたから。全く、うかつなことで」

と、頭をかきました。


それから三年後。

明治二十四（一八九一）年十月二十八日、愛知県、岐阜県にまたがって大地震が起こりました。

午前六時三十七分。突然、地の底から噴き上るような大音響とともに大地がせり上がったとみると、真っ二つに裂けるのです。こっちも、あっちも大きな口をあけて大地が裂け、瓦という瓦はくずれ落ち、家々は無残にひしゃげ、大地はなおも不気味な音をたてて唸《うな》りながら、大揺れに揺れつづけます。

「キャーッ！」

「たすけてぇ！」

四方から悲鳴が上がります。そして、さけび声、泣き声、ぅめき声。

家の下敷になった人々。ようやく匍い出した人も、倒れかかる柱や、くずれおちる瓦に傷つき、また地の裂け目にはさまれて、いたましい死に方です。

火が出ました。

火は風にあおられて見る間にひろがり、町並を一なめにして小学校を襲い、神社を焼き、川を越えて隣の町へと延びていきます。

岐阜では、火災が六時間もつづきました。愛知も、同じありさまです。

「よし、私がちょくせつ現地へ行って指揮をする」

この大地震の報をうけた常民は、きっぱりと言いました。

(東京の本社で連絡をうけ、それから会議を開いて、指示を与える、というのでは時間

がかかりすぎる。そのために救護が遅れては、たいへんだ）

と考えたからです。

「とりあえず、現地に近い京都支部から救護班を派遣し、愛知、岐阜の両県に天幕病院を設けよ」

「日本赤十字社職員および篤志看護婦人会からの慰問品の衣服千百枚を、両県の負傷者に届けよ」

こう命じて、常民は現地に急ぎました。現地に着いた常民は、大きな病院もなく医者もいないために手当てができない村々に、十一ヶ所の天幕病院を建て、このほか愛知県に十九ヶ所、岐阜県に十三ヶ所の救護所を建てました。

しかし、何しろ地震のためにほとんどの家がつぶれてしまい、救護をする場所がありません。寺の境内や村の広場に、急ごしらえの仮小屋をたてるよりほか、仕方がありません。

その小屋に、赤十字の旗をかかげました。

「いいですか。赤い十字の旗、この旗が立っているところは、どこも同じ救護所です。これを目印に、負傷者をはこんで下さい。おねがいしますよ」

村民たちに指すその赤十字の旗に、さっと時雨《しぐれ》が降りかかりました。

こうして、常民は愛知県をかけめぐり、岐阜県大野郡古橋村にさしかかりました。そこは県庁から一五・六キロ、大垣から三・九キロの、ずいぶん辺鄙《へんぴ》なところです。小さな村道のそばに、農家がひしゃげた形でつぶれていました。その脇の水車小屋の水車は、横倒しになっています。

そこに農婦が幼児を抱いたまま、うずくまっていました。

「どうしました？　けが、ですか」

常民は、近よって声をかけました。

それでも、農婦はいっこうに顔をあげません。返事もしません。

「ここから少しさきのお寺に、仮小屋があります。そこのお寺をご存じでしょう？　赤十字の旗が立っていますから、すぐにわかります。それを目標に行けば……。いえ、私もそこに行くところです。さ、肩をかしましょう」

常民は腰をかがめて農婦の肩に手をおき、思わずその手を引っこめました。

（死んでいる。この幼子は死んでいる）

と気づいたからでした。

農婦はつぶれた家の下敷になったわが子の死体を抱いて、気がふれたようにぼうぜんとし、その目も、とろんとしています。

「のう、お寺でお経をあげてもらおう」

案内役の村長が、農婦のよこに、かがみこみました。

「そうしましょう。お経をあげてもらって、子供さんの冥福《めいふく》をお祈りしましょう」

常民は、農婦の肩に、そっと手をおきました。

それは――、そうです。二十四年前、パリで、古水の亡骸のそばで、フランス人の医者が常民の肩においてくれたそれと同じように、あたたかい手でした。そして、幼な子の生命の終りを悲しむ、ふるえる手でした。


この大地震で、岐阜県では死者四、一三四人、負傷者六、一二二人。焼けおちた家は五、五六四戸におよびました。

また愛知県では死者二、三四七人、負傷者三、六六八人。丸潰れになった家が六二、〇九一戸、平潰れが一一〇、七〇二戸、焼失した家が二〇〇戸でした。

ようやく救護に一くぎりつきました。常民は名古屋の宿舎で、随行する事務員に、

「救護のじっさいは、どうなっているか、ね」

と、集計をもとめました。

「はい、ちょうど今、まとめあげたところです」

事務員は、

「救護した患者は、総数一〇、一九四人にもおよびました。そのうち死亡は、わずかに十一人でございます。これ、ここに出ています」

と、報告書にある十一の数字のところを指さします。

「ちょっと待ってくれたまえ。わずかに、十一人……」

常民のきびしい声が、部屋のなかにひびきわたりました。

しかし、その声はすぐにやわらぎ、

「ねえ、きみ……。わずかに十一人……と、そのわずかにという言葉は使わないことにしよう」

常民はそう言って、おだやかにその事務員をたしなめました。

そして、

「その十一人を亡くしたひとたちにとっては、十一人の一人一人が、それぞれにかけがえのない一人なのだから、ね」

しずかに、そう言い添えたのでした。

巻末エッセイ

佐野栄寿のこと、私のこと

片岡繁男

佐野常民の伝記を書いているんですって?と仲間から問われて、少し戸惑いました。私がここ一年あまり、佐野常民の資料集めと考証《こうしょう》にかかっていたのは事実ですが・・。

この質問と前後して「佐野常民はクリスチャンですか」と知友の一人が訊《き》きました。なるほどと思いました。（このような博愛事業に関与するとき、日本では「仏教徒ですか」と問い質《ただ》されることはまずありません。これは何故でしょうか?）

そもそも、私が佐野常民ってどんな人物だろうと思ったのは、子供の頃のこと。

私の郷里伊万里は、『鍋島直正公伝』にも書かれていますとおり「佐賀地方とは山嶺《さんれい》をへだてて西部に別区域を劃《かく》しており、他の諸郡とは全く政治を異にし、風尚《ふうしょう》もまた異なっている。また伊万里は陶磁器の積出港として、さらには海産物の通商をもって旅客を延《ひ》いて繁昌し、相競うて華奢《かしゃ》にはしり他の郷村《ごうそん》とは全然景況《けいきょう》を異にし、分限不相応の生活を為《な》している」と叱られているほどで、少年の私にとって、佐賀は伊万里から遠いところでした。たとえば方言にしても、伊万里の人で伊万里弁のほかに佐賀弁を使う人は少なく、むしろ唐津弁や平戸弁をつかう人が多かったですし、佐賀よりも唐津郷、平戸郷の人々との交流の方が深かったように思います。

また廃藩置県《はいはんちけん》の後、一時、佐賀県は伊万里県になりましたが、そのあと伊万里が再び佐賀県に併合《へいごう》されることになったときも、むしろ長崎県に属するのを望んで、この併合に反対する運動を起こしたりしています。

そうはいっても、おなじ佐賀県出身の偉人で、しかも日本赤十字社創設という偉業を為しとげた人物となれば、少年の私が佐野常民に心惹《ひ》かれるのは言うまでもありません。その後、彼が華族だとか伯爵だとか、と聞いているうちに、いつしか私とは隔たりのある遠い人間になっていました。

それが近年になって科学史を専攻する畏友、菊池俊彦中央大学教授の口から、事あるごとに佐野常民の名前が挙げられるうちに、私は少しずつ佐野について文献を調べるようになりました。そうして佐野がクリスチャンでも何でもなく、佐賀藩下級武士の倅《せがれ》で、医家の養子となり、古賀小太郎侗庵《とうあん》、広瀬元恭《げんきょう》、緒方洪庵《こうあん》、伊東玄朴《げんぼく》と順次彼らの門を叩いた医者であって、玄朴の象先堂を最後にその医業を罷《や》めたことを知りました。私はクリスチャンではない彼が為した博愛事業に少しく興趣が起こり、とくに医者として成人しながら、その医者を罷めたことに強く心を惹かれました。

私は敗戦前、昭和十三年に旧制の歯科医専を卒業して、そのままK帝大医学部の歯科口腔外科に入局し、細菌学（戸田忠雄）教室の専攻科学生となって免疫血清学で学位請求をしました。この細菌学専攻についていえば、臨床医はその臨床課目に応じて、したがって私の場合は「歯科領域における細菌学の研究」として届け出をし、大学当局の許可をうけるのが通例なのですが、私は「細菌学一般」としました。それはつまり、厳密にいえば（その成果は別として）歯科医学者というよりも、細菌学者としての指導をうけた、ということになります。ゆえあって、そうなったのです。

K帝大の口腔外科教室にはいるのと前後して、私は昭和十五年、文芸誌「九州文学」の同人となりました。ところが悪い事に、某日、（口腔外科教室では、度々、医学の世界に文学を持ち込むな、と叱責《しっせき》されていましたので、普段から、極力そうならないように警戒してはいたのですが）たまたま私の関係する詩誌が医局の状差しに挿し込まれていて、それを助教授から見とがめられたのです。

私はもともと細菌学に興味がありましたので、医局での診療の余暇に、口腔内でメラニン色素を産生する菌の培養実験をはじめました。この菌は口腔内の特に歯牙を褐色に汚染する菌で、同種の細菌は婦人科領域で産褥熱《さんじょくねつ》患者の産道に無数に発見され、その多寡《たか》は産道の清潔度を示すものとされていて、私はそれと同じ意義を口腔内に求めたのです。私としては培養が一応、成功したと考えましたので、その年の学会の当番校であるN帝大に同僚と共にデータを提出しました。幸か不幸か、その論文が講演発表を許可され、同僚数名のそれは示説にとどまりました。

ところが、その通知があった日、私は助教授に呼び出され、講演発表を辞退するよう命ぜられたのです。助教授室を出ると廊下に教授が立っていて、隣の教授室に入るよう促《うなが》されました。教授室で、あの論文について別に異論は出ないと思う、発表してもいいだろうと教授は言いました。

私はその論文を発表しました。それは強引に、と付け加えた方がいいでしょう。何しろ当時の口腔外科教室で、実質的な権限を握っていた助教授に釘をさされた事項を敢えて行うのはまったく無謀なことでしたから。これが、さきほど行ったゆえあっての発端です。

その後、こんな事がありました。私の担当する舌癌の患者が死亡したのです。執刀した講師は、その死について訊《たず》ねる私に、「手術は成功した。患者は栄養失調で死んだのだ」と答えました。それでは死因は舌癌ではなく、舌癌手術後の栄養失調というわけですか、と問いかけると「わかり切ったことだ。きみは何時もピント外れの事を言うな」と苦笑しました。

　手術は成功した。私も医学生ですし、担当医でもありましたから、それはわかります。栄養失調で死んだ。それもよくわかります。わからないのは「手術は成功したが、患者は死んだ」という、そのことなのです。手術は成功したつもりだったが、患者は死んでしまった、ということはあり得ます。そのとき、医学者は〈己れの持っている医学、医術についての模索と、人間の生命に対する畏怖《いふ》〉があるはずです。その模索と畏怖に耐え難くて、私は先輩に教示を求めたのでしたが、一顧《いっこ》だにしてくれませんでした。

　先述のメラニン色素産生菌の培養実験のときもそうです。「その菌で直接なにも疾患は起こらないじゃないか、ヤメチョケ、医学は詩やウタなどの遊びとは違うんだ」と助教授に一喝されてしまいました。

　その頃、アメリカの歯学雑誌に「口紅の口唇に及ぼす影響について」と題する論文が載っていました。図書館でそれを読んでいるちょうどその時でした。助教授が入ってきたのです。私は慌ててその雑誌を閉じました。まるで悪事を働いていたかのように……。

　ところが、細菌学教室に入って驚きました。

「君たちは細菌学のほかに何を持っているかね。K助教授の古美術鑑賞。S君の俳諧。やはり何か持っていなくっちゃ……」

教授が昼食のとき、そう語ったのです。O先生は数学、Y先生はフランス語さえ読んでいれば大満足でした。私はうれしくなりました。

この細菌学教室での研究生活についてつづった小文に、

「高度な顕微鏡の製作を考案することによって現時点とは比較にならないほど劃然《かくぜん》たる業績を求めうるのに対して、私たちはなお旧態依然《きゅうたいいぜん》として細菌の鞭毛《べんもう》染色の手技を必死になって探求しているのではなかろうかという思いによく襲われる」

と、私が書いているのを、「雪は天から送られた手紙である」の名言で知られ、雪博士として名高い中谷宇吉郎先生が目にされて、親しく賛意の書信を寄せて下さった歓びを、私は忘れはしません。

そこは、私がそれまで在籍していた臨床教室とは全くちがう世界でした。

ところで私はいま、このところ巷間にかまびすしい日本列島改造論のなかに、上述の鞭毛染色と高度顕微鏡との関係よりもさらに悪質なものを見るのです。恐らくそれを指摘したとき、改造論者たちは「これは今まさに、われわれがとり急ぎ為さねばならない事なのだ」として刃を返すことでしょう。

そのように考えたとき、私にはこう思えてしかたがないのです。

――いまから百二十三年前の嘉永三年（一八五〇）、日本に移入された牛痘接種は、当時

「とり急ぎ」為さねばならないこととして妥当なものでした。そのことに間違いはありません。(言うまでもなく、ここでことさらに種痘をことあげしているわけではありませんし、勿論、これら西洋文明の移植に真摯《しんし》に取り組んだ個々の人々に敬意を払うのに吝《やぶさ》かではありません。)けれども、それから今日までの百二十三年にわたる日本の「大きな動き、流れ」を見てみれば、それはとりもなおさずとり急ぎ、とり急ぎの堆積《たいせき》だったのではなかろうか、と。

嘉永三年はまた、佐野常民(当時は栄寿)が伊東玄朴塾をゆえあって破門され、医学を罷める年です。因《ちな》みに玄朴は、幕政を批判した髙野長英ら尚歯会《しょうしかい》の面々とは全く反対の官学を率《ひき》いる総帥《そうすい》で、某書には「幕末の蘭方医のなかで最も指導的な立場にあった人で、蘭学に秀《ひい》でてただけではなく、政治的手腕にも富み、蘭方医の地位を確立したことで特に功績があった」とあります。

その功績を充分に認めた上でのことですが、私はまた――この間の西洋文明の受容にいささかも安易な点はなかったか。指導的とは破綻《はたん》なくまとめることをいうのか。政治的手腕とは、時の権力にうまくとり入って「取り急ぎ」を実施させる所謂「タイム・クイズ」的な頭脳の回転の速さをいうのか、とも思うのです。

佐野常民の資料を漁っているうちに、こうしたさまざまな思いが、私の中で次第に大きく波打ち、重なり合ってきました。そこで、私は若き日の佐野常民に託して、私がどうしてもいま、ここで言わずにはおれない事を執拗に追いつづけようと心に決め、「うずくまる―若き日の佐野常民」という小説を書きました。本編「人間の生命につかえて」はその「うずくまる」をはじめいくつかの作品をもとに、少年少女向けに新たに書き上げたものです。そこに描かれているのは、いうまでもなく私が創造した若き日の佐野常民のひたむきに生きる姿であり、同時にそれは、私の青春遍歴にほかなりません。

佐野栄寿とは、常民の十歳（天保三年）から三十一歳（嘉永六年）までの呼称です。

（昭和四十八年四月十九日未明）

編者あとがき

本書は、平成二十二年に世を去った著者が生前（昭和四十八年）、少年少女向けの読み物として執筆《しっぴつ》しながら、その後、未定稿のまま手許に書き残していた草稿を増補・改訂し、書籍化したものです。

主人公の佐賀藩士・佐野常民は副島種臣や大隈重信らと並び称される佐賀七賢人の一人で、幕末から明治にかけて日本が近代国家を建設していくなかで、多岐にわたって大きな役割をはたしました。

常民（下村鱗三郎）は満九歳をむかえて程なく、親戚の藩医佐野儒仙《じゅせん》の養子になると、医者を志して勉学に励《はげ》み、藩校弘道館では儒者・古賀穀堂《こくどう》の薫陶《くんとう》をうけて学才を発揮します。その後、江戸、京都、大坂で古賀侗庵、広瀬元恭、緒方洪庵、伊東玄朴らの門下で蘭学、化学、医学などの学識を修めて佐賀にもどりますが、三十一歳で佐賀藩精煉方主任を命じられると、常民はそこでさまざまな理化学研究の指揮をとり、反射炉の建設、鉄製大砲（アームストロング砲）の鋳造《ちゅうぞう》、蒸気船の製造、電信機の製作、佐賀藩海軍の創設などに力を注ぎました。

反射炉についていえば、幕末の同じ時期にその建設をすすめていた伊豆韮山《にらやま》に先んじて、佐賀藩が反射炉の建設に成功した裏には、有田焼、伊万里焼など長年にわたる窯業によって培われた築窯技術が大いに与《あずか》ったとされています。

安政二（一八五五）年からは幕府の長崎海軍伝習所で航海術、造船術を学びますが、海軍伝習所が閉鎖された後は、郷里・早津江に整備された佐賀藩三重津海軍所で伝習を始め、慶応元（一八六五）年にはこの地で日本初となる実用的な蒸気船「凌風丸《りょうふうまる》」を竣工《しゅんこう》させます。

帆船《はんせん》の時代には、外国船は季節風にのってやってきましたので、福岡藩とともに長崎港の警護を課せられていた佐賀藩は、一年のうち、季節風が吹く間だけ港を警護すればよかったのですが、蒸気船の時代となると外国船は季節風に関係なくいつでも日本沿岸に出没《しゅつぼつ》するわけですから、これに対抗するには、港に砲台を築くだけでは十分ではなく、どうしても蒸気機関を装備した自前の軍艦を開発・製造する必要があったのです。

常民はまた、慶応三（一八六七）年のパリ万国博覧会に佐賀藩の代表として、さらにその六年後のウィーン万国博覧会には博覧会事務副総裁として渡欧します。そこで常民は西欧の先進的な知識・技術・思想を間近に見聞し、諸外国では博愛主義の旗の下に救護団体・赤十字社が組織され、戦時だけでなく、大地震や火山の噴火などの災害時にも盛んに救護活動を行っていることを知ります。この海外での経験が常民の目を大きく見開かせ、その後の生き方を決めることになったのです。

明治十（一八七七）年に勃発《ぼっぱつ》した西南の役は、常民のその後の活動を決定づける契機になりました。

薩摩軍と政府軍との激しい戦闘によってもたらされる生々しい戦場の惨状に心を痛めた常民は、政府に強くはたらきかけて博愛社を創設します。そして敵味方の区別なく、山野にさらされた戦傷者たちを救護したのです。この博愛社は十年後に日本赤十字社と改称し、常民はその初代社長に就任します。

佐野常民は後年《こうねん》、わたしたちにこんな内容の言葉を残しています。

「文明開化といえば、その象徴として、誰もがすぐに法律がととのっていることや器械が精巧なことをあげるけれど、西欧では赤十字社の活動がこれほど盛んに為されているということ、これこそ文明開化の証拠なのである。道徳的行動の進歩を伴わない文明は、本当の文明とはいえない」

こうして、常民は人道的な国際組織の発展こそが文明の進歩の証しであると考え、「右手で文明開化、左手で博愛」を広く訴えたのでした。

また、明治二十（一八八七）年、上野公園華族会館で開かれた万国赤十字社創立二十五年紀祝典の祝詞のなかで、常民は「赤十字事業は十九世紀の文明史上に特筆大書すべき一偉業である」とも述べています。

このように、日本赤十字社、その前身である博愛社の創設は、医者を志した幼年期から生涯にわたって、人間の生命《いのち》とは？　医の心とは？　と問い続けた常民が、パリの万国博覧会に同行した薬種商・野中古水が客死した折に、彼の地《かち》の人びとから寄せられた慈《いつく》しみ深い博愛のこころをしかと受け止め、その実現のためにみずからの後半生をささげた一大事業でした。

そうしてこの日本赤十字社は、みなさんもよくご存知のとおり、創立から百三十余年を経たいまも、常民の志を受け継いで博愛・人道主義を高くかかげ、難民救済などの国際救済や国内外の災害救護をはじめ、さまざまな活動、事業を行っているのです。

なお、巻末に添えたエッセイ「佐野栄寿のこと、私のこと」は、雑誌「民主公論」昭和四十八年五月号に発表されたものです。もともとの文章は常体（である調）で書かれていますが、本文の文体に合わせて敬体（です・ます調）に書き改め、さらに幾らかの加筆、修正をほどこしました。

平成三十一年四月二十二日

こでまりの花が風にそよぐ、父の忌日に

片岡英男